간절한 마음 절실히 모아

탈핵

김한기의 시·소설·비평으로 이야기하는 탈핵

간절한 마음 절실히 모아

탈핵

맑은샘

중복
– 에이에프AF 2년[*]

그냥 지나가면
복날이 섭섭하겠지
복날 보름달이 섭섭하겠지
그냥 가지 말라고 찜통

점심을 배가 덜 차도록 먹은 뒤
바람에 긴 팔을 흔들며 곱게 곱게 여문 옥 같은 옥수수 삶아 먹고
잎 사이로 햇볕을 받으며 점점 굵어진 검붉은 자두를 깨물어 먹어
몸 보신했으니 마음 보신

더운 바람 부는 소나무 그늘에 길게 누워
파도소리 들리는 [자산어보]를 펼치니
바닷바람, 미역, 해삼, 문어, 준치…

* '에프터 후쿠시마 After Fukushima 2년' 줄임말로 후쿠시마 핵발전소 잇따른 폭
  발이 2년 지났음을 말함.

이번에는 스스로 보신

보름달 아래서 조깅 30분 한 뒤

숨 고르며 달바라기

내 얼굴이 보름 빛깔

가슴도 보름 빛깔

보름달이 나를 부드럽게 비추네

보름달이 방사능을 부드럽게 비추네

뜨듯한 편서풍이 내 눈동자를 스치니

부산 고리핵발전소 방사능은 내가 사는 울산으로 오겠지

후쿠시마 핵발전소 시체 방사능은 태평양 쪽으로 가겠지

2013년 중복 보름달 아래서

김한기

차례

1부 그날

그날 1 014

폭발 015

그날 5 016

후쿠시마 핵발전소가 터지고 첫 번째 비가 내린다 017

그날 10 018

요오드제 021

품절 품절 품절 024

방사능 방독면 027

낯선 사람 029

방사능 난리 030

소금 031

불안 불안 불안 032

방사능 민방위 훈련 035

그날 22 038

가야 한다. 인도로 039

피난 준비 040

눈 041

홍콩 공항 042

인도 044

2부 절실히 탈핵

방사능 오염 048

쓰리마일 체르노빌 후쿠시마 049

핵발전소 안전미신 050

쓰리마일 체르노빌 후쿠시마 3 051

쓰리마일 체르노빌 후쿠시마 다음은 052

방사능 054

나는 누구일까요? 1 055

나는 누구일까요? 2 057

누더기 할배 058

반감기 060

44.6억 년 061

완감기 062

완감기는 063

핵발전소 064

뭘 어쩌자는 건가 065

부산 고리핵발전소 066

울산 신고리핵발전소 067

터질 수도 068

불안하세요 069

고리핵발전소가 터지면 071

몰라 073

세계에 있는 모든 어떤 핵발전소 074

세계 최고의 핵발전소 도시 울산 075

핵발전소를 대했던 내 자세 077

핵발전소를 대하는 내 자세 078

명동 080

우와 081

고이데 히로아키 082

미역 084

전기절약 086

유리 주스 병 087

일회용 088

지미 헨드릭스 090

가자, 롹 스피릿으로 092

핵발전소 093

일본 방사능이 몰려와요 094

방사능비 095

하늘을 향해 빌던 사람들이 097

술만 그런가 099

돈 나고 사람 났나 100

세뇌 101

꾸준히 우리나라에 수입된 후쿠시마 방사능에
오염된 그 많은 고철은 어디로 갔을까? 102

영화 [판도라] 감독과 대화 103

고리핵발전소 1호기 멈춤 105

깨어나 106

가만히 있어라 107

간절한 마음 절실히 모아 109

3부 방사능 피폭 시대

과안 과안 114

모기 바퀴벌레 개미 118

꼬마 바퀴벌레 일기 121

정신병원 122

좀비 125

악령 강령 1 130

돈중독증 131

악령 강령 3 132

파우스트 133

악령 복합체 135

화성 137

외계인 140

염라대왕 150

실마리 157

방사능 피폭 시대 158

프랑켄슈타인 선언문 178

그날 180

4부 할 말이 있다

할 말이 있다 (허균과 정약용의 이야기) 186

− 폭력스런 너무나 폭력스런 186

− 고대 그리스 비극 198

− 스파르타는 거짓이다 203

− 아테네는 폭력 민주주의 도시국가였다 208

− 플라톤 철학은 폭력제국주의의 밑바탕 철학이다 212

− 아테네는 폭력에 중독되다 218

− 서양이 제우스교를 신화로 왜곡하다 226

− 서양이 그리스 역사를 왜곡한 이유는 230

1부　　그날

그날 1

통도사 뒷산, 영취산 꼭대기에 서서
끝없이 넓고 넓은 파아란 하늘을 가슴에 담아
영취산을 뒤로하고 가천 쪽으로 내려가고 있는데
잉잉… 손전화가 문자 왔다고 몸을 떨어, 보니
"쓰나미로 후쿠시마 핵발전소 불안"
모든 생각이 싹 다 사라지며
뿌옇게 떠오르는 생각 하나
'혹시 핵발전소 폭발'
온몸에 기운이 빠지며 걱정이 머릿속에 가득
'그러면 외국으로 피난을?'
한발 한발 궁 궁
'뭘 해야 되나'
가슴이 궁 궁
설마
설마

폭발

- 그날 2

쓰나미로 위험하다던

후쿠시마 핵발전소

자고 일어나니 허황하게

후쿠시마 핵발전소 폭발

일어날 수 없는 일이

후쿠시마 핵발전소 폭발

멍하니 자고 일어나니

후쿠시마 핵발전소 또 폭발

또 자고 일어나니 머리 아프게

후쿠시마 핵발전소 폭발 또 폭발

뿌옇게 멈춰버린 꿈 세상

그날 5
– 후쿠시마 핵발전소의 잇따른 지옥 폭발

나는 체르노빌로 벨라루스와 온 유럽이 공포에 떨었던 것을 안다
나는 정확히 몰라도 엄청난 재앙이 터진 줄 온몸으로 느낀다
나는 체르노빌, 벨라루스, 유럽을 안다

후쿠시마 핵발전소가 터지고 첫 번째 비가 내린다

충격
후쿠시마에 내리는 비
실제 장면을 보니 충격
말로만 듣던 방사능비

방사능비 내리는 거리에 일본사람
방독면 쓴 사람 하나 없이
마스크와 우산을 쓰거나
우산만 쓰거나
마스크만 쓰거나
아예 우산, 마스크 없이 뛰어다니니
충격
핵발전소 폭발은 동네 산불이 아닌데
가슴마저
멍

그날 10

– 후쿠시마 핵발전소가 터졌다. 일어날 수 없는 일이 일어났다

체르노빌 벨라루스
후쿠시마 우리나라

네 곳 지도가 머릿속에
번개 꽂히듯 그려지니

체르노빌 벨라루스
후쿠시마 우리나라

체르노빌 못지 않은 피해로
지금도 불안한 벨라루스

체르노빌 벨라루스
후쿠시마 우리나라

일본은 정말 큰일
우리나라도 정말 큰일

체르노빌 벨라루스
후쿠시마 우리나라

후쿠시마 영향권 속에서
얼마나 큰 피해를 당할까

체르노빌 벨라루스
후쿠시마 우리나라

방사능이 바람을 타고 온 하늘로
해류를 타고 온 바다로

체르노빌 벨라루스
후쿠시마 우리나라

일이 손에 안 잡히는
내 마음은 터진 후쿠시마에

체르노빌 벨라루스

후쿠시마 우리나라

요오드제

– 그날 12

1

후쿠시마가 터진 지 며칠 안 지났지만

미국 쪽으로 바람이 많이 불어

미국 사람들도 방사능 피폭 공포에

요오드제를 산다고 난리

아, 그렇지 요오드제

피폭되기 전에 먹어야 한다는 요오드제

체르노빌 때도 중요했던 요오드제

일본뿐만 아니라 태평양 넘어 미국사람도 난리인데

일본 바로 옆에 살면서 아직도 안 구하다니

인터넷에 찾아보니 보이질 않아

핵발전소가 가지고 있다고 해서

고리 핵발전소에 연락을 하니

"요오드제가 있지만 고리핵발전소 둘레 동네 사람들 위한 것

이기 때문에 줄 수가 없으니, 보건소에 한번 연락해보세요."

보건소에 연락을 하니

"요오드제가 많지도 않고 방사능이 오지도 않을 텐데, 왜 걱정이세요?"

아무렇지 않은 듯 시침 뚝 떼고

"혹시 올지 모르니까요."

"그렇지만……"

몇 마디 나눠봤지만 신통한 수가 없어

약국 몇 군데에 전화를 해도

요오드제 파는 곳이 없어

답답 불안한 마음으로 동네 약국에 가서 물으니

이렇게 되묻네

"요오드제가 뭐죠?"

다른 약국에 가서 물으니

"또 요오드제 찾네?"

역시 없네

난감한 약사가 요오드 성분이 들어있는 영양제를

권해 아쉬운 대로 사서 그 자리에서

한 알은 약할 것 같아 두 알 입에 털어 넣었다

2

김과 미역에 요오드가 많다 하여

밥상 위에는 항상 김과 미역이

품절 품절 품절
- 방사능 측정기

미국 사람들도 요오드제 산다고 난리
러시아 군대는 일본 국경선에서 철수
하지만 우리나라 정부는 편서풍 편서풍
안온다 안온다 절대 안온다 하다 당연히 오니
극소량 극소량 괜찮다 괜찮다 기준치 기준치

핵발전소가 잇달아 폭발한 지 며칠도 안 지났는데
하늘로, 바다로 퍼지는
도저히 가슴으로 받아들일 수 없는 방사능 양을 보니
머리가 어질어질

뭘 해야 하나?
우리 동네 방사능 측정 누가 해주나?
맞다, 방사능측정기
당장 인터넷 지G마켓에 접속
방사능측정기를 쓰고, 엔터
방사능측정기가 여러 개 보여
사려고 클릭하니

품절

'으익'

클릭 클릭

품절 품절

마음 급하게

한쪽 넘겨 클릭 클릭해도

품절 품절 또 품절

두세 쪽 넘겨도 품절 품절

있는 쪽 다 넘겨도 품절 품절 다 품절

방사능 아는 사람들이 벌써 다 사버렸단 말인가?

급하다 급해

다른 사이트에 접속해서 검색해 봐도

품절 품절 다 품절

급하고 답답한 마음으로

방사능측정기 회사에 연락을 하니

"일본에서 다 수입을 해서 팔게 한 개도 남지 않았지만

지금 주문하면 한 달 뒤에 받을 수 있습니다"

지푸라기 잡는 마음으로 주문을 하고

바로 동네 은행 가서 송금

휴우~

방사능 방독면

방독면

방사능이 오면 방독면이 있어야지

후쿠시마 핵 재앙을 떠나서

신고리 핵발전소를 울산이 안고 있고

고리와 월성 핵발전소가 울산 양 옆구리에 붙어있는데

방독면 하나 준비 안 해놓다니

울산에는 핵발전소뿐만 아니라 화학공장도 많아

방사능 방독면 쉽게 구할 수 있을 것 같아

공구상가 가게에 연락하니

방독면이 있기는 한데 방사능 방독면은 없다네

바람이 우리나라 쪽으로 불면 몇 시간 안으로

후쿠시마 방사능이 날아올 텐데

급하다

혹시 다른 사람이 먼저 사가지 않을까?

마음이 급해

바람 방향을 가늠하며

공구상사로 택시를 타고 가니

밤이 늦지 않아 가게 문은 거의 다 열려있지만

이 가게에도, 저 가게에도 방사능 방독면이 없다니

신고리가 돌아가고 있는데 방독면도 안 팔다니

마음 더 급하게

집에 와서

급히 인터넷 지G마켓으로 들어가

방사능 방독면

클릭

품절

클릭

품절

'아니, 방사능측정기처럼 사람들이 다 샀단 말인가?'

두 쪽 넘기자

품절이 안 된 방사능 방독면이 보여 주문

방진복도 세트로 주문하고 입금

'이제 배송되어 오기만 기다리자'

낯선 사람

    - 그날 15

방사능 방독면이 택배로 와서

군대 화생방 훈련 때처럼

방독면 양쪽에 필터를 끼우고

한 번 더 틈 없이 끼워졌는지 확인

얼굴을 방사능 방독면에 끼워 넣어

고무줄 끈을 앞으로 당겼다가 뒤로 바짝 당겨

공기가 필터 쪽으로만 들락이게 하고

방독면 전체가 얼굴에 맞게 살짝 틀어 맞춘 뒤

침착하게 숨을 한두 번 쉬자

역시 방독면답게

숨이 갑갑

이 갑갑함이 방사능 막아줄 믿음

그리고 방진복 아랫도리 윗도리를 입고

발은 비닐봉지로 감싸 묶어

전신 거울 앞에 서보니

후쿠시마에서 방사능 제염 작업하는 낯선 사람

방사능 난리
– 그날 16

1
이 무슨 난리인가?
방사능 난리는
공포 영화, 텔레비전 속에서나 일어나는 일인 줄 알았는데
내가 공포 영화, 텔레비전 속 인물이 되다니

2
나는 이미 공포 영화 속에 살고 있다

소금
– 그날 17

또 뭘 준비해야 하나? 후쿠시마에서 방사능을 바다로 엄청난 양을 머리 아프게 흘려보내니, 방사능이 바다로 흘러 흘러 우리나라 바다도 오염시킬 것이니

바다 물고기는 안 먹어도 살지만 바다 소금은 안 먹고는 못사니, 소금을 당장 두 포대 사서 거실 한쪽에 곱게 눕혀놓고 안도의 한숨을 쉬니

나는 소금 두 포대를 보며 쓴웃음을, 후쿠시마는 내 죽은 뒤에도 방사능을 내뿜고 흘러나온 방사능은 영원할 터인데 저거 두 포대 가지고 몇 달 먹는다고

불안 불안 불안
– 그날 18

방독면
영양제
방사능 측정기
우리밀 라면
생수
소금

준비할 수 있는 것은 다 했는데
마음속은 불안 불안 불안
심각한 표정으로 거실을 맴돌며
손을 쥐었다 폈다 쥐락펴락 쥐락펴락
앉아 있던 어머니가 빽 소리를
"좀 가만히 있거라, 내까지 불안해 질라 안카나"

방독면
영양제
방사능 측정기
우리밀 라면

생수
소금

자꾸 떠오르는
체르노빌에서 피폭 당해 어처구니없이 죽은 시신들
체르노빌 이후 태어난 희망이 없는 기형아들
그 옆에 한없이 고통스런 부모

방독면
영양제
방사능 측정기
우리밀 라면
생수
소금

왜 내가 불안한가?
내 속은 이미 알고 있는
이런 것으로는 절대 안전하질 않다는

멀리 도망가는 수밖에 다른 수가 없다는

방독면
영양제
방사능 측정기
우리밀 라면
생수
소금

후쿠시마와 우리나라
가깝다
너무 가깝다

방사능 민방위 훈련
- 그날 20

민방위 훈련하듯

후쿠시마 지옥 사람들이 하듯

후쿠시마 방사능이 울산을 덮쳤다 치고 훈련 실시

방사능이 집안에 못 들어오게

아파트 베란다 창문부터 시작해서 앞문, 뒷문, 대문

밖으로 통하는 문이란 문은 모조리 다 닫자

공기 흐름이 멈춰

갑갑 답답한 마음

방사능은 너무나 작아 쪼갤 수 없다는 것이 쪼개진 것에서

나오기에

공기가 왔다 갔다 하는 곳이면 어디든지 들락이니

환풍기 틈부터 틈이란 틈은 다 틀어막자

공기 흐름이 완전히 멈춘 공간 속에서

멍해지는 나

안 닫은 문이 있나?

안 막은 틈이 있나?

온 집안을 멍멍히 둘러보고

수돗물도 오염되니 생수를 배달주문

문 다 닫은 지

1시간

시간이 지나면 괜찮을 줄 알았는데

갈수록 더 갑갑 답답 멍멍

눈도 뻑뻑

생수 배달원이 와서

대문을 여니

대문짝만한 맑은 공기에 크게 숨통이 터이지만

생수를 드려놓고

다시 대문을 닫자

밀폐되어

다시 갑갑 답답 멍멍

생수를 한 모금 졸졸

점심 밥하려고 가스를 켜니

불에서 나온 가스가 주방 후드로 나가지만

밀폐된 공간으로도 퍼져

가스 불을 바로 끄고

갑갑한 가슴으로

휴우~~~

천장을 보며 한숨

2시간

3시간

멍하니 마치 환각 상태 같아

이러다간 방사능에 피폭되어 죽기 전에

갑갑해 죽겠네

그날 22

– 피난

후쿠시마는 몇 달, 몇 년 안으로
방사능이 안 멈추니
후쿠시마 방사능이 바람을 타고
우리나라에 많이 올 줄 모르니
핵발전소 방사능 오염에는
지금 후쿠시마 사람들이 그렇게 하고
체르노빌 사람들이 그렇게 했듯이
피난

가야 한다 인도로

- 그날 24

'쓰나미로 후쿠시마 핵발전소 불안'
손전화 문자를 봤을 때는
'다른 나라로 피해야 하나?'
그저 생각이었을 뿐이었는데
일주일 만에 현실이 될 줄이야
어처구니없이
어디로 가야 하나?
하늘 무너진 가슴으로
세계 지도를 펼쳐서
꿈꾸듯 살펴보니
유럽은 너무 비싸고
아프리카는 너무 낯설지만
인도, 필리핀은 비싸지도 않고 막연히 친근
같은 동양 아닌가
인도가 필리핀보다 더 후쿠시마에서 머니
가야 한다 인도로

피난 준비
- 그날 25

여권이란 것이 어디에 필요한 건지 뚜렷하게 다가왔다
등본처럼 관공서 같은 곳에 가면 바로 나올 줄 알았다

인터넷을 비롯해 정지 시켜야 할 것 다 정지를 시키고
인도에 가지고 갈 것 물어물어 어처구니없이 준비한다

외국 가는 것이 처음이라 비행기표 끊은 여행사아가씨
에게 공항 통과 요령에 대해 자꾸 물으니 인상을 쓴다

눈

— 피난 떠나던 순간

텔레비전, 신문, 라디오는 다 괜찮다고 하는데
편서풍 편서풍 방사능 절대 안 온다고 하는데
왜 비싼 돈 들여 가냐는 눈

잘 모르겠지만 여태 외국 한번 가지 않은 내가
번개에 콩 구워 먹듯이 피난 떠나기에
뭔가 심상찮음을 느끼는 눈

일 때문에 가족 때문에 이런저런 관계 때문에
피난 떠나고 싶어도 못 떠나서
불안스레 부럽게 보는 눈

홍콩 공항
- 그날 28

인도 가는 비행기를 갈아타려고 홍콩 공항에 내리니

온통 한자와 영어밖에 보이지 않는 낯선 세계

꿈만 같아

한 번씩 지나가는 우리나라 말소리에 자꾸 귀가 돌아가네

인도 가는 비행기를 한두 시간 기다리는 것이 아니니

사람도 틈틈이 구경하고

서점, 음식점, 옷가게, 기념품 가게 따위를 구경하며

홍콩 공항 이 끝에서 저 끝으로 심난하게 오가 보는데

이소룡, 성룡, 장만옥, 주윤발로 이어지는 홍콩영화를 보며 홍
콩에 가보고 싶었는데

난데없이 노을 지는 홍콩공항 의자에 앉으니

공항 유리창 너머 산을 비켜 비행기가

어둑어둑 뜨고 내리는 홍콩이 허망하니

후쿠시마 핵발전소가 폭발하지 않았다면

지금쯤 내 방에서 한글이 가득한 책을 읽고 있을 것이고

한 시간 뒤에는 김치로 저녁을 먹을 텐데

이게 무슨 날벼락인가

시계를 또 보니

인도 가는 비행기는 5시간 뒤

– 비비안 수의 노래 [경여인敬女人]을 들으면서 쓰다

인도
– 하루아침에

하루아침에
하던 생활을 다 멈추고
꿈꾸듯
인도로 피난 가니

하루아침에
큰 눈, 오똑한 코, 짙은 색의 인도사람들
계속 뜨거운 햇볕, 다른 모양을 한 집
쉽게 건물 높이를 넘고 선명한 꽃을 피운 나무에게
둘러싸여
꿈같이
흙을 밟으며 동네를 둘러보니

빈터 흙 위에서 아이들이 놀고
도로에서는 여기저기 무단횡단
남자는 눈이 대충 닿는 곳에서 볼일 보고
하루에 몇 번씩 정전되니
하루아침에

어린 시절로 온 것 같아

더 꿈같네

2부　　절실히 탈핵

방사능 오염

옷에 먼지가 묻으면
공기 중에 톡톡 털고
옷에 때가 묻으면
물에 토복토복 빨고

핵발전소가 휙 터지니
방사능이 온 곳에 퍼져
털 수 있는 공기가 없고
빨 수 있는 물이 없네

쓰리마일 체르노빌 후쿠시마

– 절대 안전하다던

쓰리마일 핵발전소
기술자가 밸브 돌리다 펑

체르노빌 핵발전소
실험하다 하나 두울 셋 펑

후쿠시마 핵발전소
쓰나미가 한번 스치니 펑

핵발전소 안전 미신

- 쓰리마일 체르노빌 후쿠시마 2

누구도 터질지 몰랐다
하지만 터졌다

누구도 터지길 원하지 않았다
하지만 사정없이 터졌다

누구나 터지지 않는다고 여겼다
하지만 복장 터지게 터졌다

쓰리마일 체르노빌 후쿠시마 3

하나만 터져도
온 지구 재앙
영원한 재앙
안 터지게 하는 방법은?

없음

그럼 도대체
이 끔찍한 것을
왜 지었나?
수백 개나 지었나?

밀려오는 공포

쓰리마일 체르노빌 후쿠시마 다음은

핵발전소 하나라도 터지면
그 지역
그 나라
이 지구의
영원한 재앙

체르노빌 후쿠시마

그럼 내가 살고 있는
울산이 품고 있는
울산 신고리핵발전소 4기
울산이 양옆으로 끼고 있는
부산 고리핵발전소 4기
경주 월성핵발전소가 6기
체르노빌, 후쿠시마처럼
안 터진다는 보장이 있는가?

없네

"에이, 30년 넘도록 안 터졌잖아?"
오래될수록 고장이 잘 나서
터질 확률이 더 높아

나는 이런 곳에 사네

방사능

보이지도 않고
냄새도 없고
맛도 없고

여기에다
공격당해도
표도 없어

그런 뒤 몇 개월, 몇 년, 몇십 년 뒤
몸과 마음에 표가 나기 시작하는데
이때는 아무런 손을 쓸 수 없어

보이지도 않고
냄새도 없고
맛도 없고

나는 누구일까요? 1

나는
보이지도 않고
냄새도 없고
맛도 없어요

내가 방사능이라고요?

나는 공기입니다

나는 누구일까요?

나는
보이지도 않고
냄새도 없고
맛도 없어요

내가 공기라고요?

이래서

나를 공기인 줄 알고

모르게 당하지요

나는 누구일까요? 2

나는
보이지도 않고
냄새도 없고
맛도 없어요

나는 누구일까요?

나를 잊지 마세요

누더기 할배

할배 :   악령이

              악령이 온다

              악령이 오고 있다

아줌마 : 에이 또 시끄럽게

              오긴 뭐가 오고 있어요

              요즘 세상에 그런 게 어디 있어요?

              음모론이에요

              있으면 어디 보여줘 봐요?

할배 :   이 악령은 영화나 소설에 나오는 악령과 달라

              이 악령은

              보이지도 않고

              냄새도 없고

              소리도 없어

              우리 속에 들어와도

              우리는 몰라

              악령이

악령이 온다

악령이 오고 있다

악령이…

반감기

요오드131   –   8일

요오드129   –   1,600만년

세슘137   –   30년

세슘135   –   230만년

스트론튬90   –   28년

플루토늄239   –   2.4만년

우라늄238   –   44.6억년

8일, 30년, 1,600만 년, 44.6억 년

내 가슴으로 도저히 받아들일 수 없는 수

44.6억 년

– 반감기

반감기 반감기 반감기

방송 신문 사람들이

반감기 반감기 반감기

하길래 나는 반감기만 끝나면

방사능 공포가 끝나는 줄 알았는데

반감기란 방사능물질에서 나오는

방사선량이 반만 줄어든다는 말

곧

반감기가 끝나도 방사능 공포는 끝나지 않는다는 말

완감기

바다 건너 머나먼 후쿠시마에서 핵발전소가 터졌는데
내가 왜 걱정, 불안, 공포를 느끼는가?
방사능

방사능 물질이 우리나라에 날아오고 흘러오고 숨어와도
방사선을 내뿜지 않으면 아무 걱정 없다
방사능

방사능 물질에서 방사선은 세월이 가면 줄어든다
그 양이 반으로 줄어드는 것이
반감기

방사능은 피폭된 만큼 해로워 우리에게 절실한 것은
방사선이 완전히 안 나오는
완감기

완감기는

지옥의 후쿠시마 핵발전소 잇따른 폭발로 나오는
200여 가지 방사능 물질 중에 많이 들은
세슘137의 반감기는 30년
30년 지나면 반으로 감해지니
60년 지나면 완전히 안 나오겠네?
불행히도 그렇지 않네
세월이 갈수록 방사능량이 줄어들지만
0으로 가까이 가까이만 가네
영원히 영원히
이
럴
수
가

방사능 공포가 밀려오네
영　원　히

핵발전소

1

순간의 편리를 위해서 영원한 공포 속에 사는 것

2

순간의 편리를 위해서 영원히 목숨을 거는 것

3

터졌다면 대책 없고 안 터져도 대책 없고

4

터져도 공포 안 터져도 공포

뭘 어쩌자는 건가

핵쓰레기에서 극도로 위험한 방사선이 영원히 나온다.   그럼,
핵쓰레기에서 방사선이 안 나오게 하는 기술은 있는가? 없다.
핵쓰레기를 안전하게 보관할 장소를 만들 수 있는가?   없다.
방사능에 피폭되면 극도로 위험한데 치료법은 있는가?   없다.

이런데 핵발전소를 밤낮 돌리면 어쩌자는 건가?

부산 고리핵발전소

10년 뒤
터질 수도
안 터질 수도

1년 뒤
터질 수도
안 터질 수도

1시간 뒤
터질 수도
안 터질 수도 있어

누구도 몰라

울산 신고리핵발전소

1년 뒤
터질 수도
안 터질 수도

1시간 뒤
터질 수도
안 터질 수도

다음 순간
터질 수도
안 터질 수도 있어

누구도 몰라

다행은
오늘 안 터졌어
불행은
내일 터질 수 있어

터질 수도

– 경주 월성핵발전소

10년 뒤
터질 수도
안 터질 수도

1시간 뒤
터질 수도
안 터질 수도

다음 순간
터질 수도
안 터질 수도 있어

누구도 몰라

터지면
영원한 인류 재앙
안 터져도
핵쓰레기 밤낮 생산

불안하세요

― 평균수명 지난 핵발전소

1년 뒤
터질 수도
안 터질 수도

1시간 뒤
터질 수도
안 터질 수도

다음 순간
터질 수도
안 터질 수도 있어

누구도 몰라

일 년 전에도, 한 달 전에도, 하루 전에도
안 터졌으니, 오늘도 안 터질 것 같은
막연한 기대뿐

불안하세요?

그러면 당신은 정상입니다

고리핵발전소가 터지면

체르노빌보다
피해가 적을지
더 클지

후쿠시마보다
피해가 적을지
더 클지

아무도 몰라

나도 절 대
안 터지기를 원하며
핵발전소 직원이
마약을 안 먹고
불량부속을 안 쓰고
관리를 잘하면
터질 확률이
줄지만

안 터진다는
보장은
어디에도
없네

몰라
 – 우리나라에 있는 모든 어떤 핵발전소

10년 뒤
터질 수도
안 터질 수도

1년 뒤
터질 수도
안 터질 수도

다음 순간
터질 수도
안 터질 수도 있어

누구도 몰라

그래서

탈핵

세계에 있는 모든 어떤 핵발전소

10년 뒤
터질 수도
안 터질 수도

1년 뒤
터질 수도
안 터질 수도

다음 순간
터질 수도
안 터질 수도 있어

누구도 몰라

세계 최고의 핵발전소 도시 울산
– 핵발전소 밀집도 세계 최고

버스를 타고

일자로 시원하게 쭈욱 뻗은 해변도로로

울산에서 부산으로

푸른 산 사이로 시원히 뻗은 해변도로로

외고산 옹기마을 지나

오후 나른한 햇살을 받아 조는 숲과

왼쪽으로 기다랗게 누워있는 동해바다를 나른히 보는데

난데없는 둥글고 각진 계산된 거대한 철골구조물

어처구니없는 울산 신고리 핵발전소 공사현장이

내 눈에 콱 박히네

가슴이 궁 궁

속이 상하네

바다와 숲과 전혀 안 어울리는 구조물

못 볼 꼴을 본 나

얼굴에 갑자기 열이 확 올라

못 볼 꼴이 된 나

머리가 어질어질

머리가 하얘져

모두가 하얗게 사라지네

먼 공간으로 점점 멀어지며

핵발전소를 대했던 내 자세

- 후쿠시마 터지기 전

생각 세계와 현실 세계

두 세계에서 살아왔네

생각 세계에서는 절대 안 터진다 믿고 잊어버렸네

현실 세계에서는 결국 보란 듯 여러 번 터져버렸네

두 가지 세계

두 가지 현실

핵발전소를 대하는 내 자세

– 고리, 신고리 핵발전소 개수

여러 번 들었는데 자꾸 잊어

지어진 거 6기   –   아! 머리야
짓고 있는 거 2기   –   뒷골 땡 긴다
지으려고 하는 거 4기 –   넋이 나간다

6 2 4
어려울 거 없는데 자꾸 잊어
울산에 살면서도 자꾸 잊어

생각 세계에는 1기도 도저히 인정할 수 없으나
현실 세계에는 거대한 저것들이 굳게 박혀있네

현실 세계에서 당장 못 지워
생각 세계에서 황급히 지워

현실 세계에서 지워지지 않아
생각 세계에서 지우고 또 지우고…

계속 생각 세계에서 눈감고 살았는데
이제 현실 세계를 향해 눈꺼풀을 연다

(2013년에 씀)

덧붙임 – 경주 월성 핵발전소 지어진 것 5기, 건설 중인 것 1기, 핵쓰레기장 1개

명동

- 20130908

ようこそ　蘭州拉面
간판과 상품 안내 문구에서 일본어
중국식 한자가 눈으로 달려오더니
이내 귀로 뛰어드는
이랏샤이마세 환잉광린

8년 만에 온 낯선 명동
거리에는 둘레에는
일본인, 중국인
다른 나라에 온 것 같지만
탈핵학교 가려고 명동을 걷는 중

우와

2기 서울 탈핵학교
탈핵 공부하러 서울에 올라오니
다들 서울, 경기도에 사는 사람
내가 울산에서 왔다고 하자
다들 '우와'
'우와' 중에 여러 '우아'가 탈핵 공부하러
탈핵 나라, 독일을 갔다 왔다고 하여
나도 '우와'
그들은 나를 보고
우와
나는 그들을 보고
우와
우리 서로
우와 우와

고이데 히로아키[*]

1

책속 사진으로 보니
맑고 여린 벗꽃같네
바로 코앞에서 뵈니
햇빛 머문 벗꽃같네

2

우리나라 국회도서관 강당에서 탈핵 강의를 하고
국회 큰길 건너 음식점에서 저녁을 먹고
일행들과 같이 계산대를 마악 지나려는 선생께
종업원이 바쁘게 나와 계산서 같은 것을 내밀기에
'계산은 다른 사람이 했을 텐데' 하며 다들 보니
고이데 선생이 쓴 탈핵 책과 볼펜을 공손히
햐, 다들 밝게 놀라는 가운데
고이데 선생이 정성 드려 사인을 해주니
음식점 종업원은 고개를 숙였다.

* 일본 탈핵 운동가. 탈핵 활동 때문에 많은 나이에도 교수가 되지 못하고 조교
에 머물렀다. 탈핵책 [원자력의 거짓말] [은폐된 원자력 핵의 진실]의 글쓴이다.

"오 하 이 오 고 자 이 마 쓰 고맙습니다"

이에 고이데 선생도 고개를 숙였다.

"고 맙 스 므 니 다 오하이오 고자이마쓰"

미역

후쿠시마 핵발전소에서 나오는 방사능이
태평양을 돌고 돌아
우리나라 바다로 와서 바다 음식을 못 먹게 될 날을
염두에 두고
바다 음식 안 먹기 훈련실시

바닷물고기는 물론 어묵, 멍게, 열합, 미역…
바다에서 사는 생명을 주재료로 한
고등어구이, 명탯국 같은 것을 전혀 먹지 않고
국에 멸치도 안 넣고
젓갈이 들어간 김치
바다 생명이 들어간 소스마저도 안 먹었더니
세상에
내가 먹었던 음식에 바다 생명들이 이렇게 많이 들어가 있을
줄이야
이틀 안 먹으니 바다 음식이 그리워
한 달 안 먹으니 몸 어느 부분이 약해져
석 달째 더 못 참아 콩나물국에

손톱만 한 미역 다섯 조각을 넣고 끓여
잘 끓어졌나
냄비 뚜껑을 여니
김과 함께
얼굴을 덮는 그윽한 향기에는
미역 향기뿐만 아니라
바다 물결과 바닷바람까지 부니
아! 우리 바다

전기절약

핵발전소는 전기를 만드는 공장이다. 결국 전기를 적게 쓰면 핵발전소도 줄일 수 있다. 탈핵하려면 전기를 아껴 써야 한다. 그래서 멀티 탭을 사서 쓰지 않는 전기제품은 다 껐다. 전기밥통과 전기담요는 아예 쓰지 않기로 했다.

그러던 어느날 탈핵학교에서 김익중 교수님 강의를 듣다가 표를 하나 보게 됐다. 아차, 싶었다. 표를 보니 산업용 전기료가 가정용 전기료보다 더 싸면서도 원가 이하인 것도 문제지만 산업용 전기가 가정용 전기보다 사용비율이 훨씬 더 높다. 곧 가정에서 아무리 전기를 아껴도 산업용 전기를 아끼지 않으면 전기사용량 줄이는데 분명한 한계가 있다.

공장에서 나오는 모든 물건은 만들 때 전기가 필요하다. 컴퓨터, 손전화, 책, 냉장고, 연필, 옷, 차…… 하다못해 수돗물을 만드는데도 전기가 필요하다. 우리가 쓰는 거의 모든 물건을 만들려면 전기가 필요하다. 결국 전기 사용량을 줄이려면 쓰는 모든 물건을 아껴 써야 한다. 텔레비전, 신문, 방송, 좀비, 악령이 온갖 곳에서 소비를 선동하고, 부추기고, 조장하고, 세뇌시키는 시대에

유리 주스 병
- 전기절약 2

"무無코팅 천연컵 이 컵은 인체에……."
한번은 어느 정수기 옆에 있는 일회용 컵을 빼내다가 이 글을 보았다. '몸에 좋은 일회용 컵이구나' 생각하면서도 이런 생각이 떠올랐다. '그럼 한두 달, 일이 년 쓴 것도 아니고 몇십 년 동안 썼던 일회용 컵이 몸에 안 좋은 코팅 컵이었단 말인가? 일회용 컵에 코팅, 표백제 말고 해로운 게 또 뭐가 있나?'
정수기 앞에서 마음이 한참 복잡.
당장 빈 유리 주스 병을 구해서 정수기 물을 받아 마셨다.

이날부터 내 가방은 빈 주스 병을 품고 있다.

일회용

– 전기절약 3

일회용 컵

일회용 젓가락

일회용 도시락

일회용 면도기

일회용 노래

일회용 소설

......

일회용을

자꾸

쓰고

듣고

보면

나도

쓰고 듣고 본만큼

일회용이

되어

언젠가

길바닥에
버려진 일회용 컵처럼
세상 바닥에
버려지겠지

지미 헨드릭스

- 집에서 컴퓨터로 그려서 차분히 프린트한 다음 프린트한 그림을 티 위에 곱게 깔아놓고 다리미로 꾹꾹 누르고 벗겨내어 탈핵 티를 만들었다. ^^ 이 탈핵 티를 입고 거리를 걷고 환경운동연합사무실에서 탈핵 강의도 했다. 서울 탈핵 학교에서도 눈길을 받았다. 그러다가 날이 싸늘해지니 반팔 티라 입을 수가 없었다. 탈핵 티를 더 보여주고 싶어서 탈핵 티를 입고 기타로 지미 헨드릭스의 [퍼플 헤이즈]를 치는 동영상을 만들어 유튜브에 올렸다. 이 동영상을 만들다가 이 시를 썼다. 이 동영상 유튜브 주소 http://youtu.be/ZYTjCoHIsLs

1
물론 피크로 쳐도 소리 잘나고
이빨로 물어뜯어도 소리 잘나고
팔꿈치로 문질러도 음악이 되고
기타를 던져도 음악이 되고
기타를 부숴도 음악이 되고

2
기타를 이빨로 물어뜯고
사타구니 사이에 넣어 문질러대도
음악에 대해 진지함을 잃지 않고
껌을 질질 씹으며 노래를 해도

기타를 불 지르고 때려 부숴도
음악에 대한 품위를 잃지 않아

가자, 록 스피릿으로

게리 무어 – 정확히 빠른 피킹 속에 슬픔이

에디 반 헬렌 – 부드러운 소리에서 날카로운 소리까지

마이클 쉥커 – 손가락이 기타 지판에서 춤을

지미 헨드릭스 – 기타를 치면 갑자기 기타가 장난감으로

핵발전소

내 앞에서 희망을 말하지 마라

영 원 히

일본 방사능이 몰려와요

바람을 타고
해류를 타고

일본 방사능이 몰려와요

생선 속에 쓰며
채소 속에 쓰며

일본 방사능이 몰려와요

산업 생산물에 숨어
산업 쓰레기에 숨어

일본 방사능이 몰려와요

기준치에 보호를 받아
악령에게 보호를 받아

방사능비

나무에도

채소에도

땅에도

영원한 방사능이 스미네

소 등에도

고양이 등에도

사람 등에도

영원한 방사능이 스미네

나무 속에도

채소 속에도

땅 속에도

소 근육 속에도

고양이 갑상선 속에도

사람 뼛 속에서도

영원한 방사능이 스미네

방사능 품은

그 나무가 젓가락이 되고

그 채소가 무침이 되어

그 소가 볶음이 되어
밥상 위로
다행히 바다로 흘러간 방사능을
자기도 모르게 냉큼 먹은
고등어가 구이로 밥상 위로
영원한 방사능이 스미네
영원한 방사능이

하늘을 향해 비는 사람들이

저 맑고 파란 하늘에
사람들이
공장 공해, 차 배기가스
마구 뿜어대니

저 맑고 파란 하늘이
사람들에게
옛다, 너희들도 먹어보라며
산성비를 주룩주룩

저 맑고 파란 하늘에
사람들이
무시무시한 방사능을
뿜어대니

저 맑고 파란 하늘이
사람들에게
옛다, 너희들도 맛보라며

방사능비를 콰강콰강

그러나 또
저 맑고 파란 하늘에
사람들이
……

그래서 또
저 맑고 파란 하늘이
사람들에게
……

술만 그런가

사람이 돈을 벌고
돈이 돈을 벌고
돈이 사람을 번다

사람이 TV를 보고
TV가 TV를 보고
TV가 사람을 본다

돈 나고 사람 났나
– 사람 나고 돈 났지

국가 나고 사람 났나

사람 나고 국가 났지

사상 나고 사람 났나

사람 나고 사상 났지

핵전* 나고 사람 났나

사람 나고 핵전 났지

* 핵발전소 줄임말

세뇌

산을 좁쌀로 만들고
좁쌀을 산으로 만들고

호랑이를 고양이로 만들고
고양이를 호랑이로 만들고

그래서
고양이가 마을에 나타나면
온 마을이 난리

그리고
호랑이가 거리에서 마음 놓고
사람을 잡아먹네

꾸준히 우리나라에 수입된 후쿠시마 방사능에 오염된 그 많은 고철은 어디로 갔을까?

온종일 들고 다니는 손전화기 속에 들어가 있을까?

창문 밖에 보이는 아파트 짓는데 섞여 있을까?

내가 타고 다니는 버스 문짝이 되었을까?

귀여운 아기 장난감 부속이 되었을까?

노원구처럼 길바닥에 누워 있을까?

날마다 세 번 쓰는 숟가락으로 변신했을까?

내가 사는 건물 벽 속에 숨어 있는가?

영화 [판도라] 감독과 대화

날짜: 2016년 12월 20일

장소: 전국에서 [판도라]를 가장 많이 본 울산에 있는 영화관

1

나는 핵발전소 사고 영화래서 마땅히 보니

이 영화 만드는데 155억이 들어 볼거리가 많아

영화 이런저런 것만 봐도 예술성이 있는데

핵발전소 폭발 위험을 말해주니 더욱 좋은 영화

2

오늘 [판도라] 영화를 만든 박정우 감독과 대화할 수 있다고 하여 영화관에 가서 영화도 보고 박정우 감독의 이야기도 들었다.

예상대로 감독과 대화는 영화를 이해하는 데 많은 도움을 주었다. 박정우 감독은 가끔 가볍게도 말했지만, 처음부터 끝까지 진지하고 성실하게 영화 [판도라]와 핵발전소 위험에 관해서 설명하는 것을 보니 박정우 감독, 사람 자체가 좋아 보였다. 그가 만든 영화 좀 찾아서 봐야겠다. 그가 각본을 쓴 [광복절 특사]는 봤으니 [홍길동의 후예]부터 봐야겠다.

3

봉준호 감독의 [괴물]처럼 재난 영화는 끝에 재난이 끝나는 것으로

나온다. 하지만 핵발전소 폭발은 재난의 시작이다.

[판도라]는 마치 핵발전소 사고가 끝난 것처럼 마쳤지만, 핵발전소 폭발 사고는 체르노빌, 후쿠시마처럼 폭발 끝난 다음부터 진짜 재난이 시작된다. 이 부분에 대한 것이 영화에 나오지 않은 것이 아쉽다고 질문을 했다.

박정우 감독은 짧은 질문에 20분 정도 답을 했다. 자신도 이 부분을 많이 생각했다. 이 이야기를 영화에 담으면 내용이 너무 힘들어 사람들이 영화를 잘 안 볼 것 같아서 넣지 않았다고 한다.

결국 지금 이 영화가 흥행에 성공했으니 큰 허점이 큰 장점이 되었다. 감독은 그래도 이 부분이 아쉬워 영화 마지막에 6줄 자막을 넣었다고 한다.

핵발전소 폭발 사고는 폭발할 때보다 10년, 20년… 세월이 갈수록 더 큰 피해를 준다는 것을 알리는 것은 우리 몫이다.

박정우 감독은 이 정도 영화를 만든 것만으로 많은 박수를 받을 자격이 충분하다.

고리핵발전소 1호기 멈춤

– 다행이지만

고리핵발전소 1호기가 역사 속으로 사라진다고 하는데
사라지는 것이 아니고 새로운 영원한 역사가 시작됐다.
왜냐면 핵발전소가 핵쓰레기인데
핵물질은 영원히 방사선을 내뿜기 때문이다.
해체하다가 잘못하면 방사능이 엄청 나오게 되고
무사히 해체해도 안전하게 보관할 장소가 없다
임시 보관 장소가 있다해도 옮기는 것도 위험하고
보관하는 것도 위험하다.
끝이 없다.
왜냐면 방사능물질은 끝없이 방사선을 내뿜기 때문이다.
해체하는 데도, 옮기는데도, 보관하는데도 돈이 든다
이제 돈 되는 일 하나도 없이 영원히 돈 들일이 일만 남았다
고리핵발전소 시체 역사가 시작됐다.
해체란 공포가 시작됐다.

(2017년 6월 20일 씀)

깨어나

"어떻게 살아야 되는지" 말을 해주려고 보니
들으려고 하는 사람이
    잠에 취해
        헤울헤울
   술에 취해
         헤울헤울
그러면 먼저 잠 깨고 술 깨고 오라

"어떻게 살아야 되는지" 말하는 사람도 듣는 사람도
    유전자조작식품, 방부제,
        광우병 소고기, 색소,
   각종 식품첨가물, 농약
        방사능에 취해
   헤울
    헤울

가만히 있어라

가정용 전기가 산업용보다 비싸다고 흥분하지 말고

가만히 있어라

핵발전소 둘레 주민들이 방사능병 걸렸다고 분노하지 말고

가만히 있어라

태양발전이 핵발전보다 싸다고 떠들지 말고

가만히 있어라

일본 수입 음식에 방사능 있다고 미치고 환장하지 말고

가만히 있어라

일본 방사능 고철 좀 수입된다고 풀쩍 뛰지 말고

가만히 있어라

중국이 해변에 핵발전소 꽃밭을 만든다고 불안해하지 말고

가만히 있어라

이웃 나라 핵발전소 몇 개 폭발했다고 난리 치지 말고

가만히 있어라

세월호 아이들처럼

가만히 있어라*

* 가라앉고 있는 세월호 속에서 아이들이 들었던 마지막 방송

간절한 마음 절실히 모아

탈핵

언제 터질지 모르기에

탈핵

사고 없어도 방사능이 나오니

탈핵

대책 없는 핵쓰레기이기에

탈핵

돌이킬 수 없기에

탈핵

처음부터 아니었기에

탈핵

모든 생명을 위해

탈핵

3부   방사능 피폭 시대

과안 과안

– 꼬리와 달나라

과〰〰안〰〰   과〰〰안〰〰

꼬리 : 니, 소문 들었나?

달나라 : 형님, 무슨 소문요?

꼬리 : 4년 전에 쭈꾸시마 1, 2, 3호기가 터져 죽어 뿟따 아이가. 근데 아직 관도 안 씌워줬다 카네. 내 미쳐뿐다. 한 번씩 바람 타고 지옥 냄새가 코로 들어오면 머리가 아득해져 온종일 우울하데이.

달나라 : 쭈꾸시마 가들 터져뿌가, 살이 찢어지고, 속에 있는 창자까지 다 튀어나와 가꼬, 방사능 마구 뿜어 나오는, 그 처참한 걸 아직까지 관도 안 덮어 줬능교? 터진 시체도 끔찍하고, 시체에서 지옥 독이 계속 펴지는 거 어얄라꼬 그러노? 속이 히떡 뒤비지네요. 근데 형님, 나는 아무 냄새가 못 맡았는데… 무슨 독한 냄새 말인교?

과〰〰안〰〰   과〰〰안〰〰

꼬리 : 쭈꾸시마 형제 시체 냄새 말이다. 20살이 우리 안락사

나이 아이가? 근데 나는 벌써 넘어뿟다. 안락사 나이 때부터 내 몸에서 나는 독한 냄새가 맡아지는 기라. 그거 안 있나? 그때부터 자꾸 신경이 날카로와져 가꼬 영물이 돼뿟따.

한번은 바람이 쭈꾸시마 쪽에서 불어오지도 않는데 쭈꾸시마 형제 시체 냄새가 났다 아이가? 혹시 내 몸에서 나는 냄새인가 싶어 보이까네 아인기라. 이상타 뭐꼬, 뭐꼬, 카면서 가마이 보이까네, 내 앞에 생선장사 트럭이 지나가는데 차안에 있는 생선이 일본산 명태, 고등어, 대구인기라. 명태, 고등어, 대구가 쭈꾸시마 형제 시체 방사능에 피폭 당해 노이까네, 그 지옥시체 냄새가 불쌍한 명태, 고등어, 대구에서 났던기라.

나쁜 일본놈들, 불쌍한 우리 쭈꾸시마 형제들은 그동안 일본놈들 위해서 밤낮, 잠 한숨 안 자고 전기발전기를 웅 웅 돌리다가 터져 죽었는데 관도 안 씌워주고. 고약시럽데이. 저게 사람이가? 지금도 심장만 살아서 계속 불뚝불뚝 뛰며 방사능을 하늘로, 바다로 머리가 아프도록 많이 뿜어대니, 먼저 관을 씌우고, 심장도 더 안 뛰게 해서 편안히 저 세상 가도록 해야 될 거 아이가. 에고.

달나라 : 기가 차네요.

과〰〰안〰〰   과〰〰안〰〰

꼬리 : 하루는 자고 있는데 꿈속에서 '과~안~' '과~안~'하는 소리가 하늘에서 들린다 아이가? 그 소리에 가위눌려 끙끙대

다가 깼다. 눈을 떠 '휴우 살았다'싶은데, "과~안~" "과~안~"하는 소리가 계속 들린다 아이가? 아이고, 내싸마 머리가 쭈뼛쭈뼛 온몸에 땀이 안 났나. '이게 다 꿈이다' 생각하고 깰라 카이 안 깨진다 아이가? 내가 미치지, 꿈이 아인기라. 깼는데 더 깰게 뭐 있겠노. "과~안~" "과~안~"하는 소리가 들리는 쪽을 보이, 귀신이 된 그 덩치 큰 쭈꾸시마 삼형제들이 하늘을 가득 메우며 날면서 그 음침하고 한 맺힌 소리를 합창해대더라. 얼마나 슬퍼겠노. 자기들도 자기 신세가 얼마나 끔찍하겠노. 이게 다 꿈인기라⋯

그러고 보이, 케르나빌 형제는 주인 잘 만났데이. 터져 죽자마자 빨리 시체 수습해가꼬, 관 안 씌워줬나. 세월 지나 관이 낡으니까, 요즘은 관 바꿔준다꼬 바쁘다카데. 아무리 그케도 케르나빌 핵발전소 귀신도 20년이 넘게 구천을 헤매고 있다 아이가?

달나라 : 와요?

꼬리 : 심장 없이 저세상 가면 귀신 대접 못 받는다 아이가? 심장 달고 갈라꼬 구천을 떠도는 기라. 케르나빌 지옥 시체에 관은 씌웠지만 심장은 아직 쿵덕이거던. 심장이 완전히 멈춰야 제대로 죽은 거지. 바다 건너 바다, 하늘 너머 하늘이다.

과〜〜〜안〜〜〜   과〜〜〜안〜〜〜

달나라 : 근데 오늘 어째 형님 말이 좀 기니더.

꼬리 : 나도 생각해 보이까네. 사람들 말처럼 내가 방사능을

하늘로, 바다로 내보내 악독한 병을 일으키고, 1초마다 바닷물 40톤 데우기를 밤낮으로 하지, 내가 싸는 핵쓰레기에서 방사능이 영원히 나오는데 사람들은 핵쓰레기를 사람에게 해롭지 않게 하지도 못하고, 그러타꼬 안전하게 보관할 장소도 못 만들지. 혹시 내가 터지면 인류재앙이 돼뿐다. 그리고 내가 사는 까닭은 전기 만드는 근데 태양발전, 풍력발전처럼 안전하면서 내보다 싸게 전기 만드는 게 많으이 핵분열해도 힘이 하나도 안 난데이.

사람들이 자꾸 우리 핵발전소를 싫어하고 지옥 공포를 느끼고, 나는 나이가 너무 들어 허리병, 속병, 피부병, 신경통으로 자꾸 아프이까네, 내싸마 살고 싶은 마음이 하나도 안 난데이. 나는 일찌감치 삶을 끝내야 했는데…

이래가다가 진짜 나도 케르나빌, 쭈구시마 맹쿠로 터지뿌면 악령복합체, 핵마피아, 한국 사람들이 관이나 제대로 씌워주겠나?
이게 다 꿈인기라…

과〰〰안〰〰   과〰〰안〰〰

모기 바퀴벌레 개미

바퀴벌레 : 얘들아 소문 들었니. 후쿠시마 핵발전소가 터졌데. 체르노빌처럼 하나가 아니고 네 개씩이나 터졌데.

개미 : 아이쿠 큰일 났네.

바퀴벌레 : 후쿠시마에서 피난 온 갈매기에게 들었는데. 난리났데.

모기 : 어째 우리 삼촌이 거기 사시는데, 피난은 잘 떠났는지 모르겠네.

개미 : 큰일이네. 큰일이야. 갈매기야 날아나 다니지만, 우리 개미는 달려봐야 거기가 거긴데.

바퀴벌레 : 우리 바퀴벌레도 기어봤자, 거기가 거긴데.

모기 : 우리는 날 수 있지만, 이 조그마한 날갯짓 밤새도록 해봤자, 우리도 거기가 거긴데.

소나무 : 너희들은 아무리 작아도 다른 곳으로 갈 수나 있지. 우리는 아무리 커도 그 자리에 박혀서 방사능이 날아오면 날아오는 대로 피폭당하며 운명으로 여길 수밖에 없어. 후쿠시마 식물들이 꼼짝없이 박혀서 사람, 개, 고양이, 개미, 바퀴벌레, 모기들이 피난 가는 것을 방사능 공포에 잎사귀를 떨면서 뻔히 볼 수밖에는 없는 모습을 생각하면 눈물이 나오려고 해.

바퀴벌레 : 이것이 어떻게 운명이야? 이것은 사람이 핵발전소를 지었기 때문이야. 이것은 사람이 핵발전소를 짓지 않았으면 일어날 수 없는 일이야. 이것은 핵발전소 폭발을 막지도 못하면서 핵발전소 지은 사람 잘못이야. 이 일은 사람만 이 세상에 없었으면 일어날 수가 없는 일이야. 우리도 우리지만 앞으로 어린 자식들은 어떻게 살지? 방사능은 영원한데…….

모기 : 그래 맞아. 그러고 보니 세상 만물을 두루두루 못살게 구는 것은 인간 말고 없어.

바퀴벌레 : 인간은 만물의 적이야.

모기 : 후쿠시마에 사는 우리 친구도 걱정이지만 우리 걱정도 해야 해. 체르노빌 핵발전소가 터지고 며칠 뒤에 방사능이 우리가 사는 한국까지 왔잖아. 우리는 후쿠시마하고 가장 가까운 나

라, 한국에 살아.

　　개미 : 나는 적을 자를 수 있는 강한 턱을 가지고 있지만, 방
사능은 만져지지도 않는다면서?

꼬마 바퀴벌레 일기

- 핵발전소 터진 이야기를 듣고

여태 끝 사람 바라레 기으다니는 음마아빠가 부꺼러번다

어떠케 사람이 란 개 지구애 태어낫을까?

소기 쌍해 죽겟따

내가 사람 어로 안테으난게 찬만 다헹 이다

이재 나도 음마아빠처럼 당당이 사람 바라레 기으다니갯따

정신병원
- [매트릭스MATRIX]* 외전

아애액 으악꽥뒀칵

간호원 1 : 헉, 101호실 김철수 씨가 또 비명을 지르네.

간호원 2 : 자기 하고 싶은 대로 다 하면서 또 왜 저래. 그런데 저 환자에게는 뭔가 끌리는 게 있어.

- 의사가 환자를 불렀다 -

정신과의사 : 김철수 씨, 아직도 누가 자기 기억을 조작한다고 보십니까?

김철수 : 예, 예, 맞습니다. 의사 선생님, 어제까지 잘 알던 걸 오늘이 되면 까맣게 잊어버려요. 그런데 어떤 것은 난생처음 생각한 것인데 마치 평생 생각했던 것처럼 잘 알고 있어요. 내 머릿속이 뭔가 잘못된 것 같아요.

정신과의사 : 음, 김철수 씨 방에는 김철수 씨가 그렇게 원하던 텔레비전도 있고, 신문도 날마다 새벽에 꼬박꼬박 들어가고, 인

---

* 워쇼스키 형제가 만든 영화다.

터넷도 24시간 언제나 할 수 있고, 손에는 자기를 언제나 지켜 줄 거라고 굳게 믿고 있는 손전화도 안 있습니까? 손전화로 언제 어디서나 원하는 팝캐스트를 듣고 채팅, 게임도 하고 여러 동영상, 영화, 뉴스, 드라마도 마음대로 볼 수 안 있습니까? 원하는 대로 다 할 수 있는 데 뭐가 잘못되었습니까? 하다못해 나와 이야기를 하는 동안에도 손전화를 쓰고 싶으면 언제라도 쓰게 해주지 않았습니까? 우리 병원에서 김철수 씨만큼 자유를 누리는 사람도 없습니다. 물론 병원에서만 지내야 한다는 것만 빼고요. 하지만 김철수 씨는 스스로 "사람은 결국 죽을 때까지 지구에 갇혀 살기에, 지구나 병원이나 넓이만 약간 다를 뿐 이래저래 갇혀 살기는 마찬가지다"고 안 했습니까? 그리고 병원 밖에는 좀비들은 김철수 씨가 나오기만을 허느적 멍느적 기다리고 있다며 스스로 병원에 있고 싶다고 안 했습니까?

김철수 : 의사 선생님, 제발 좀 고쳐주세요. 모르겠어요. 하고 싶은 대로 다 하고, 원하는 것도 다 있는데 뭔가 잘못되고 있어요. 병원 밖에는 좀비들이 초점 잃은 눈으로 흐느적거리고 있고, 내 꿈속에서는 로봇들이 내 머리를 열어 기억을 조작하는 마구잡이 수술을 해요. 선생님은 정신과 의사니깐 내 정신에 대해서 나보다 더 잘 아실 거 아닙니까? 하고 싶은 대로 하면 할수록 더 잘못되는 것 같아요. 아무리 자유롭게 병원 운동장을 뛰어다녀도 갑갑해요. 어떻게 좀 해주세요.

– 정신과 의사는 진료카드에 이렇게 썼다 –

"병원 밖에 있는 좀비가 자기를 공격하기 위해서 서성대고 있다
는 과대망상증만 빼면 지극히 정상."

좀비

끝없이 맑은 파란 하늘은 빛 잃은 눈에는 아무 의미가 없다. 마음까지 맑게 하는 공기도 막힌 생각에는 아무 의미가 없다. 오직 사람의 비명과 공포에서 의미를 찾을 뿐이다.

(허기진 좀비 두 마리가 아스팔트 도로 옆 풀섶에 등을 댄 채 아무렇게 널브러져 있다. 좀비 두 마리는 일주일 넘게 사람 살점을 한 점도 못 먹었다. 빛 잃은 눈동자 두 짝이 불길하게 움직인다.)

좀비Z : 이봐 핏덩거리?

좀비B : 너는 내보다 나이가 적은 거 같은데?

좀비Z : 살결이 멀쩡한 걸 보니, 너는 좀비가 된 지 며칠밖에 안 됐네. 진물이 흐르는 허물허물한 내 멋진 살결을 봐. 너보다 훨씬 더 일찍 좀비가 된 걸 알 수 있겠지? 좀비는 좀비 나이로 계산해야지. 아직도 사람 나이로 따지는 버릇을 못 버렸으니 핏덩거리지. 핏덩거리, 내 뱃가죽이 등에 붙었어. 네 살점 한 점만 먹자?

좀비B : 사람보다 맛없을 텐데. 그래도 먹고 싶으면 어깨 아래쪽을 한입만 먹어.

(좀비Z가 날카로운 이빨이 살 속으로 제대로 박히도록 좀비B 어깨 아래쪽을 헥 물더니 목을 힘껏 틀며 한 입 베어낸다)

좀비B : 큿으악아

좀비Z : <u>으으흐~ 좀 아프지?</u>(살점을 씹으며)

좀비B : 아니, 하나도 안 아파.

좀비Z : 뭐? 근데 왜 비명을 질러? (불길한 눈을 크게 뜨며)

좀비B : 다들 그렇게 하니까 그렇게 했을 뿐이야

좀비Z : 에이, 맛없어. (씹던 것을 뱉어버린다)

사람이어야 해. 사람을 공격하면 살맛도 맛이지만 그 아파하는 표정하고 비명이 양념을 제대로 쳐주거든.

(이때 마침 저쪽에서 쭉 뻗은 처녀가 너덜너덜해진 짧은 치마를 입고 두리번두리번 초조하게 경계를 하며 다가오고 있다)

좀비Z : 아~ 싱싱한 음식 향기가 난다. 핏덩거리, 저쪽을 봐. 처녀야. 처녀. 소고기도 암소가 맛있듯이 역시 보들보들한 처녀가 제맛이지.

(처녀는 먼 곳을 살피다 보니 바로 아래 풀섶에 널브러져 있는 두 좀비를 보지 못하고 점점 다가간다. 처녀가 가까이 오자 두 좀비는 몸을 일으키면서 처녀 다리를 잡으려고 손을 뻗었다. 신음소리가 난다. 그제야 알아차린 처녀는 기겁하여 하늘이 찢어지도록 비명을 지르며 부리나케 저쪽으로 도망간다. 두 좀비는 팔을 몇 번 휘젓다가 포기하고 다시 풀섶에 허탈하게 널브러진다.)

좀비Z : 에이, 좀비가 좋기는 한데 너무 느려. 처녀는 물론 꼬마도 뛰면 못 잡잖아.

좀비B : 그런데 어떻게 하다가 사람이 좀비가 됐지?

126

좀비Z : 그걸 왜 물어?

좀비B : 궁금하잖아.

좀비Z : 그것도 몰라 사람이 우리에게 물리면 좀비가 되잖아. 저 앞에, 저기 빨간 옷 입고 허우적대는 저놈, 내가 일주일 전에 물어 저렇게 아름답게 허우적대잖아. 키 키 키. 허우적대며 다가가서 목덜미를 칵 깨물면, 쿵 짜릿한 그 맛.

좀비B : 그런 거 말고. 사람을 물 좀비가 전혀 없을 때 어떻게 사람이 좀비가 되었냐는 거야.

좀비Z : ·········.

좀비B : 어떤 좀비는 종교 지도자가 좀비를 태어나게 했다고 해. 내가 볼 때는 이 설은 그저 꾸며낸 전설이야. 어떤 좀비는 예전에 어떤 사람이 광우병 소고기를 많이 먹다 보니 어느 날 갑자기 좀비가 됐다고 해. 또 어떤 좀비는 어떤 사람이 유전자 조작식품을 많이 먹다 보니 좀비가 됐다고 해. 어떤 좀비는 사람이 돈을 열심히 벌다 보니 좀비가 됐다고 해. 어떤 좀비는 텔레비전을 너무 봐서, 어떤 좀비는 공부를 너무 많이 해서, 어떤 좀비는 방사능을 너무 많이 먹어서 좀비가 됐다고 해. 이건 요즘 새롭게 떠오르는 주장인데, 어떤 사람이 광우병 소고기하고 유전자 조작식품을 같이 많이 먹다 보니 좀비가 됐다고 해. 그래서 광우병 소고기만 먹든지 유전자 조작식품만 먹어, 두 가지를 같이 먹지만 않았으면 좀비가 안 되었을 거래.

어떤 좀비는 예전에 광우병 소고기, 유전자 조작식품, 방사능을 먹으며, 돈도 열심히 벌고, 텔레비전도 보고, 공부도 열심히 하던 사람이 있었대. 광우병 소고기, 유전자 조작식품, 방사능, 돈, 텔레비전 내용, 공부한 내용이 그 사람 몸속에, 정신 속에 들어가 쌓여 따로따로 놀고 있었는데, 어느 비바람 치든 어둑한 날에 번개가 이 사람 머리채에 내려꽂혀 버렸다는 거야. 그래서 따로 놀던 이것들이 번개 에너지를 받아 톱니바퀴 이빨이 맞듯이 맞아 다 같이 돌아버려 좀비가 됐다는 거야. 너는 어떤 게 맞는 것 같아?

좀비Z : 야! 야! 핏덩거리. 어디 씰데없는 소리하고 있어. 니가 사람이야? 사람? 너는 좀비야. 좀비. 이 핏덩거리야. 니가 좀비가 된 지 얼마 안 돼서 이런 씰데없는 소리를 하는 모양인데, 좀비는 그냥 멋지게 흐느적대며 사람이나 물어뜯으면 되는 거야. 이 핏덩거리야.

좀비B : 또 핏덩거리.

좀비Z : 니가 생각을 한다는 거 자체가 핏덩거리라는 말이야. 진짜 좀비는 생각을 안 해. 그냥 사람이 보이면 반사작용으로 다가가서 물어뜯는 거야. 좀비는 반사하는 생명이야. 좀비는 반사 그 자체지. 진짜 좀비는 생각을 안 해서 말이 필요 없어. 좀비는 말이 없는 침묵의 거룩한 생명이야. 지금 내가 말을 하는 것도 아직 좀비로서 완전히 성숙하지 않았기 때문이야.

저쪽 허우적대며 걸어가는 저기, 저 형님 좀 봐. 팔, 다리, 몸통, 머리가 서로 엇박자로 흐느적거리면서 팔 끝에 달린 손가락 열 개도 끊임없이 스멀거리잖아. 불안스레 초점 잃은 눈 그리고 느린 걸음걸이를 봐. 저렇게 느려야 사람들 경계심이 줄지. 참으로 아름다운 움직임이다. 나는 얼마나 살아야 저 경지에 이를 수 있을까?

저것 봐, 저 형님도 아무 소리 안 내잖아. 핏덩거리는 사람 습성에서 못 벗어나 생각한 것을 말로 하고 싶어 해. 좀비가 성숙하면 성숙할수록 생각이 자꾸 막히지. 완전히 성숙하면 생각이 완전히 막혀 말을 못하게 되지. 그래서 침묵 속의 반사체, 그 자체가 돼. 대단하지.

좀비B : 내가 사람이었을 때 좀비 신음 소리를 들으면 좀비가 말을 하고 싶은데 말이 제대로 안 나와서 그런 건 줄 알았는데.

좀비Z : 그것은 자꾸 말을 없애려는데 말하던 습성이 자기도 모르게 자꾸 삐져나오기 때문이야.

저기 먹이가 없어 자기 살을 뜯어 먹는 좀비 좀 봐. 내가 봐도 처참하다. 윽, 배고파. 안 그래도 배고픈데 쓸데없는 소리를 해서 더 배고프잖아. 쓸데없는 말 그만하고 빨리 걸어 다니는 음식이나 찾아.

악령 강령 1

책임 안 지는 것이 첫째야. 뭐라고? 아니야, 아니야. 그게 아니야. 기술개발은 둘째, 셋째야. 기술개발은 대학 출신 불러다 월급 주며 시키면 되는 거야. 혹시 기술개발 못 하면 다른 곳에서 사 올 수도 있는 거야.

책임 안 지는 것이 첫째야. 쓰리마일, 체르노빌, 후쿠시마를 봐. 사고가 어떻게 터질지 모르기에 완벽하게 막을 수 없어. 어떤 사업이든지 사고를 완전히 안 나게 할 수 없어. 이것이 큰 걱정거리야.

그래서 책임을 안 지는 것이 첫째야. 어떤 사고가 나도 어떤 사고를 쳐도 책임을 안 지면 우리는 모든 것이 허용되는 신의 땅으로 들어갈 수 있는 거야. 알겠는가!

돈중독증
- 악령 강령 2

　책임 안 지면 자기가 한 일 때문에 다른 사람 몸과 마음에 병이 생겨 괴로움으로 시달리다가 결국 죽어 가는 모습을 보고 스스로 양심이 찔려서 미치거나 자살을 하는 일까지 간혹 있다. 이것보다 더 바보 같은 놈이 없다. 밖에 있는 적보다 안에 있는 적이 훨씬 더 위험하다. 마지막 적은 자기 자신이다. 이것 때문에 우리는 양심, 도덕을 다 버리고 뻔뻔해지고 천박해져야 한다. 이러는 것이 죽는 것보다 훨씬 낫지 않은가? 속은 이래도 겉을 돈으로 온갖 사치품을 몸에 바르고 집에 발라 살면 마음이 한결 편해진다. 이것으로도 모자라면 한 번씩 기부도 하고 불우이웃성금을 내라. 이르라고 불우이웃성금이 있다. 우리 앞에는 즐길 것들이 널려있고 돈도 산더미이지 않은가? 이 말은 내가 그냥 하는 말이 아니고 유명 심리학자들이 깊게 연구한 결과다. 잘 듣고 따라라.

악령 강령 3

책임감을 뺏어야 한다. 모든 사람들의 책임을 모두 우리 것으로 만들어야 한다. 그러면 좀비를 가득 가지는 것이지. 그리하여 사고가 터지면 그 책임을 우리가 어떻게 지냐고? 우리에게는 책임을 공중에 산산이 부셔 사라지게 하는 마술이 있지 않은가?

파우스트

시민 : 간, 쓸개, 양심, 영혼 다 드릴 테니 돈 좀 벌게 해주세요. 버버리 잠바, 비엠더블유BMW도 못 사는데 간, 쓸개, 양심, 영혼 이런 게 뭐 필요합니까?

악령 : 전에는 날 보기만 해도 악다구니를 쓰더니, 이제 착해졌네.

시민 : 그때는 제가 철이 없어서 그랬습니다. 이제 철이 들었으니 너그럽게 용서하시고 제 소원 들어주세요. 어린 딸아이가 스마트폰 사달라고 일주일째 조르고 있습니다.

악령 : 그런데 간, 쓸개, 양심, 영혼 없이 어떻게 살려고 그러니? 더구나, 내가 네 양심하고 영혼을 가지면 양심, 영혼도 없이 사는 너를 보고 내가 괴로워 어떻게 살 수 있겠니. 무엇보다도 양심하고 영혼은 사람에게 가장 중요해. 누가 달래도 절대로 주면 안 돼. 알겠니?

시민 : 알겠습니다. 그럼 뭘 해야 합니까?

악령 : 그저 책임감만 줘, 그러면 돈 벌게 해줄게.

시민 : 그럼 양심하고 영혼은 계속 가지고 있어도 됩니까?

악령 : 그럼, 기껏 돈 벌게 해 주면서, 어떻게 영혼, 양심을 달라고 하겠니.

시민 : 어서 가져가십시오.

****

악령 2 : 이 사람아, 양심이나 영혼을 가져야지. 겨우 책임감을 가지는가? 자네 요즘 형편이 좋아졌나 보네?

악령 : 모르는 소리 하지 마. 책임감만 있으면 돼. 이제 저 사람은 책임질 일이 없어진 거야. 다시 말하면 못할 일이 없게 된 거지.

자신의 양심과 영혼이 항상 자신을 빤히 지켜보고 있는데, 저 사람이 아무 일이나 막하면 어떻게 제정신으로 살 수 있겠어. 양심이 찔려 자신을 잊기 위해서, 자신을 합리화하기 위해서, 양심이 자신을 못 보게 하려고, 술을 마시거나, 담배를 피우거나, 섹스를 하거나, 텔레비전을 보거나, 음식을 먹거나, 영화를 보거나, 게임을 하거나, 쇼핑을 하거나, 도박을, 축구를, 야구를, 잔치, 번지점프 따위로 날고 뛰고 마시고 헐떡이지. 이렇게 미쳐 날뛰면 돈 안 쓰고 배기겠어.

내가 무슨 기업을 가지고 있는가? 내가 투자한 곳은? 꿩 먹고 알 먹기야. 양심, 영혼을 뺏으면 그때 한 번만 이득을 보지만 책임감을 뺏으면 죽을 때까지 이익을 뽑아낼 수 있지.

내 계획을 이루기 위해서는 양심 없고, 영혼 없는 사람에게 양심, 영혼을 심어야 할 판인데, 왜 내가 양심, 영혼을 가진단 말인가! 두고 봐, 내 계획대로 될 거야.

134

악령복합체

모든 악이 허용되게 하려 한다

악령이 저주를 하나 내리면
이에 맞춰
정치인들이 바빠지고
텔레비전, 신문, 언론이 숨 가쁘게 호응
군대, 경찰이 무겁게 무장
선생, 교수, 지식인의 빨라지는 입
종교인, 문학가, 철학가는 심각 모드

이 저주로 이익을 보는 사람은 알아서 기고
세뇌당한 사람은 자동반응

그리하여
끝내 사람들이 좀비로
집에서
거리에서
학교에서

직장에서
허느적 멍느적

끝내 귀신으로
새끼 악령으로

한 생명이 세뇌, 주술, 환각에서 깨어나려고 몸부림치면
이 거대한 시스템이 눌러 으깨려 달려든다

이것이 바로

화성

– 20110312

    피라미드 속 2/3지점에 넓은 정사면체 방이 있다. 이 방에 화성인들이 앉아 여러 계기판을 보고 있다. "삑 삑 삑…" 지구 계기판에 뭔가 강렬한 신호가 잡혔다. 계기판이 빨강 눈을 깜빡이며 자지러진다. 여기는 화성에 있는 피라미드다.

    화성인A : 이거 뭐야? 지구 101지점에서 심상찮은 일이 일어난 것 같은데?

    화성인B : 음~, 지진은 아닌 것 같고, 화산 폭발도 아닌 것 같고, 이거 혹시 핵폭발 아니야?

    화성인A : 먼저 빨리 명왕성 본부에 연락해야 해. 지구놈들은 뭔 짓을 할지 모르는 놈들이야.

 여기는 화성 피라미드, 화성 피라미드, 지금 우리 계기판에 지구에서 날아온 강렬한 신호가 잡혔다.

    명왕성인P : 여기는 명왕성 피라미드. 이미 알고 있다. 그 신호는 지구 101지점에서 핵발전소가 폭발했다는 신호다. 이거 보통 일이 아니다.

    화성인A : 뭐요? 어찌 이런 일이… 지난번 지구 404지점에서 핵발전소가 폭발했을 때, 우리 화성도 피해를 봤는데 또 그런 피해를 받나요?

명왕성인P : 그렇다. 지금은 101지점에서 핵발전소 1기가 터졌지만, 앞으로 3기가 더 터질 것으로 보인다. 심각하다.

화성인A : 헐, 뭘 해야 하나요? 이번에는 얼마나 피해를 입는 거죠?

명왕성인P : 조금 뒤에 대처요령 파일이 간다. 단단히 각오해라. 우주 모든 것은 다 연결되어있다. 태양계만 봐도 태양계 행성, 위성, 운석과 해는 서로서로 공간에서 공간으로, 중력에서 중력으로, 여러 가지 힘에서 힘으로 연결되어 돌아가고 있다.

우리 몸도 태양계처럼 다 연결되어 몸 일부분이 아프면 몸 전체에 영향을 준다. 우리는 몸속에 있는 찌꺼기들을 제때 밖으로 내보내야 한다. 그런데 변비에 걸려 찌꺼기들을 밖으로 못 보내면 온몸이 막힌다. 마치 강 하구에 댐을 쌓으면 강물이 차츰차츰 막혀, 끝내 상류까지 막히게 되어 강 전체가 죽어 가는 것과 같다. 하다 못 해 걷다가 발가락 사이에 바늘 끝만 한 침이라도 박히면 온몸이 흔들린다. 아무리 조그만 부분이라도 안 좋아지면 전체에 영향을 준다.

지구에서 핵발전소가 잇달아 폭발하여 방사능 오염으로 지구가 병이 들면 태양계 전체에 나쁜 영향을 준다. 더구나 핵발전소 폭발은 바늘 끝만큼 적은 것이 아니다. 이런 것을 알고 지구인들이 사고 좀 안 쳐야 하는데……. 자꾸 사고 치면 우리들도 피해를 입어 간섭하지 않을 수 없다.

화성인A : 그건 그렇고 명왕성은 태양계에서 가장 멀리 있는데 어떻게 지구에서 일어난 일을 우리보다 더 잘 압니까?

명왕성인P : 내가 사는 곳이 어디인가?

화성인A : 명왕성입니다.

명왕성인P : 지구인 말, 영어로 플루토라고 하지. 핵발전소를 돌리면 나오는 플루토늄, 핵폭탄 원료인 플루토늄이란 말이 우리가 살고 있는 별 이름, 플루토에서 나왔다. 다들 잘 알고 있듯이 우리는 태양계 생명의 명命을 관리하고 있다. 그리고 태양계에서 일어나는 플루토늄과 연관된 핵에 대한 것도 우리별이 다 관리하지. 우리는 이런 일을 잘하게 타고났다.

우리별은 작지만, 핵처럼 강력하다. 태양계별들과 태양계 밖에 있는 별들이 101지점에 있을 잇따른 핵발전소 폭발로 인한 피해를 줄이기 위해서 빨리 태양계 행성에서 받은 자료를 모아 태양에 있는 태양계 중앙본부와 북극성에 있는 북극성사고본부로 보내야 한다. 화성에서 정리한 지구 101지점 핵발전소 폭발 종합분석 파일을 빨리 보내라. 금성, 목성, 토성에서는 벌써 보냈다. "띠 띠 띠…" 해왕성인가? 그래, 그래 긴급상황이다. 긴급상황……

외계인

- 여기서 끝나다니
- 우리는 반드시 살아남아야 돼
- 어떻게 좀 해봐
- 우리는 식구를 살려야 하고 인류를 살려야 한다. 그런데…

어디에도 알려지지 않은 낯선 비행체가 깊은 새벽 3시에 울산 무룡산 중턱에 떨어졌다. 한국 경찰과 군대가 부리나케 출동했다. 군인들은 비행체를 빨리 트럭에 실어 급히 기지로 옮겼다. 총으로 무장한 군인들이 비행체 속에 살은 낯선 생명체를 지하 깊은 곳에 있는 언양조사센터로 잡아갔다. 워낙 낯선 일이라 울산 1978부대 작전관도 숨을 거칠게 몰아쉬며 왔다. 세련된 검은 양복, 검은 구두, 검은 선글라스를 쓴 남자들도 보인다. 언론은 철저히 통제됐다.

지하 4층 깊은 언양조사센터에 있는 사방 꽉 막힌 정육면체 방 중앙에 외계인이 의자에 묶여있다. 외계인 앞 벽에 있는 방탄유리 창 너머에는 여러 군인들과 검은 선글라스 남자들이 서서 심각한 얼굴로 수군거리고 있다.

작전관 : 저 한 놈만 살아남았단 말이지?

중령 : 예, 외계인이 괴상하게 생겼지만 어떻게 보면 사람하고 비슷한 점도 있습니다.

작전관 : 음… 방사능 조사는 해봤나?

중령 : 예, 마치 방사능 오염지대에서 살다 온 것 같습니다.

작전관 : 우리말로 물으면 저 외계인이 알아들을까?

중령 : 잘 모르겠습니다.

작전관 : 음…….

누가 흔드는 느낌에 피곤함이 역력히 보이는 외계인이 눈을 천천히 뜬다. 작전관이 급히 마이크로 다가가서 물어본다.

작전관 : 너는 누구냐?

외계인 : 나는 사람이다.

작전관 : 어, 우리말 할 줄 아네. 사람이라고? 그럼 다른 별에도 사람이 사나? 어느 별에서 왔나? 우리말은 어떻게 배웠나?

외계인 : 나는 지구에서 왔다. 나는 방사능사람이다.

작전관 : 무슨 소리야? 여기가 지구인데 지구에서 왔다니? 방사능사람? 무슨 소리야?

외계인 : 나는 미래에서 왔다. 이곳 시간으로 계산하면 4만 년 앞에서 왔다. 우리가 살고 있는 시대에는 우리를 조선사람, 남한사람, 북한사람이라고 하지 않고 방사능사람이라고 한다.

작전관 : 뭐! 그럼 네가 타고 온 것이 타임머신인가?

외계인 : 그렇다.

작전관 : 왜 여길 왔나? 사람이라고 보기에는 생김새가 역겨운데, 왜 그렇게 해괴하게 뒤틀려있나?

외계인 : 내가 이 시대에 온 것은 내 얼굴하고 관련 있다. 내 얼굴이 이렇게 된 것은 이 시대 사람들 때문이다. 우리 고대신화에 따르면 지금 이때쯤 꼬리핵발전소 8기가 폭발해버렸다. 핵반응로 뚜껑이 완전히 날아가는 큰 사고였다.

꼬리핵발전소 8기 폭발 원인에 대한 고대신화는 여러 가지가 있다. 어떤 고대신화는 꼬리 지역에서 강한 지진이 일어나 거의 한꺼번에 8기가 잇달아 폭발했다고 한다. 어떤 고대신화는 큰 쓰나미가 밀려와서 꼬리핵발전소 8기가 잇달아 폭발했다고 하고, 어떤 고대신화는 전쟁이 터졌는데 적이 막다른 골목에 몰리자 국제사회의 외침을 무시하고 꼬리핵발전소를 무차별 폭격해서 8기가 폭발했다고 하고, 또 다른 고대신화는 핵발전소 직원이 운전을 잘못해서 하나 터진 것이 옆으로 번져 8기가 잇달아 터졌다고 하고, 또 어떤 신화는 핵발전소 자체 결함으로 터졌다고 하고, 또 어떤 신화는 누군가 핵발전소 컴퓨터를 해킹을 해서 터트렸다고 하고, 또 어떤 신화는 테러리스트들이 침투해서 폭탄으로 폭파시켰다고 한다. 또 어떤 신화는 테러리스트가 비행기를 납치해서 핵발전소로 날아가서 충돌했다고 한다. 고고학계에서 테러리스트 침투설과 비행기 충돌설이 오랫동안 맞섰다. 그런데 요즘은 새로운 발굴로 비행기 충돌설 쪽으로 기울고 있다. 또 어떤 신화는 핵발전소 컴퓨터 프로그램이 꼬여서 터졌다 하고, 또 어떤 신화는… 이렇게 수도 없이 많다. 어쨌든 꼬리핵발전소 8기가 터진 것은 확실하다.

핵발전소가 터졌으니 방사능이 핵발전소에서 못 나오게 사고처리를 해야 했다. 하지만 사고가 워낙 심각해 터진 핵발전소에 다가가는 사람은 죽기를 각오하지 않으면 안 됐다. 핵반응로 둘레는 사람이 도저히 갈 수 없어 로봇을 보냈지만 터진 핵반응로에 닿기도 전에 멈춰버렸다. 온 세계가 이리저리 사고를 처리하려고 난리쳤지만, 손으로 하늘 가리기였다. 그러던 중, 엎친 데 덮친 격으로 핵발전소에 있던 사용후핵연료 임시 저장소마저도 대부분 다 터져버렸다. 이 저장소가 터진 까닭은 아직도 미스터리다. 온 세계가 쩍 벌어진 입을 다물지 못하고 방사능 공포에 떨었다. 방사능 피폭으로 고대 남한 사람이 열 사람, 백 사람 자꾸자꾸 죽어가자, 고향에서 뼈 묻을 각오한 일부 노인들을 빼고 고대 남한사람들과 고대 북한사람들은 다른 나라로 다 피난을 갔다. 꼬리핵발전소 폭발로 방사능이 온 세계로 퍼졌지만 온 인류는 뾰족한 수가 없어 그저 공포에 떨며 부질없이 자기 몸만 사렸다. 결국 고대 우리나라 모든 곳은 사람이 살 수 없는 지옥의 땅이 돼버렸다. 고대 우리나라와 가까운 고대 중국 바다 쪽에 살던 고대 중국사람들도 내륙 쪽으로 피난을 갔다.

바람이 동쪽으로 많이 불어 고대 미국, 고대 캐나다 사람들이 다른 나라보다 방사능에 피폭을 더 많이 당했다. 하지만 피난 가는 것 말고 어떻게 해볼 수가 없었다. 당시 기술로는 어떻게 할 수 없어서 인류는 손 놓고 방사능에 피폭 당하기만 했다. 터진 꼬리 핵발전소 8기와 사용후핵연료 임시 저장소는 그렇게 계속 내버려져 있었다. 방사능이 온 세계로 끊임없이 퍼져서 온 지구가 엄청난 피폭을 당하는 큰 재앙이 자꾸 커졌다. 앞 뒤 전혀 보지 않고 도덕도 없이 책임도 전혀 지지 않는 뻔뻔스럽고, 가증스럽고, 폭력스런 인류문화의 결과였다.

그리하여 고대 남한사람과 고대 북한사람은 세계로 뿔뿔이 흩어져 난민으로 여기저기 떠돌아다니면서 살았다. 이때부터 세계 사람들이 '한국'을 '방사능'이라고 부르기 시작했다. 우리 조상은 나라 이름을 바꾸기 싫었지만 어쩔 수 없었다. 어떤 나라 사람들은 사람이 살 수 있는 나라 땅도 없는 사람에게 방사능이란 나라 이름을 가지게 한 것만으로도 고맙게 생각해야 한다고 했지. 방사능 피폭으로 피해 보는 다른 나라 사람들에게 우리 조상들이 얼마나 밉고 원망스러웠겠는가? 고대 우리나라는 세계에서 핵발전소 밀집도가 가장 높은 나라여서 여러 나라들이 위험하다고 여러 번 경고를 했다. 하지만 고대 우리나라는 들은 척 만 척, 핵발전소를 멈추기는커녕 계속 핵발전소를 짓기에 힘을 썼다. 핵발전소만 없었으면 이런 역사는 일어나지 않았을 텐데……

나라 이름이 '방사능'이니 사람도 '한국사람'에서 '방사능사람'이 되었다. 우리 민족에게 방사능 딱지가 붙었다. 세계 모든 사람들이 꼬리핵발전소 8기와 사용후핵연료 임시 저장소 폭발 피해를 적게 혹은 많게 봤다.

우리 고대 조상, 방사능사람은 가는 곳마다 재수 없다고 손가락질을 받았다. 어떤 나라는 아예 방사능사람이 들어오지 못하게 했고 이미 그 나라에 살고 있던 방사능사람들마저 강제추방까지 시켰다. 어떤 나라는 강제추방은 안 시켰지만, 방사능사람을 돈으로 꼬셔 자기네 나라 핵 시설에서 피폭 많이 당하는 위험한 일을 시켰다. 어떤 나라 호텔, 모텔은 방사능사람들을 받아주지 않았다. 여러 나라 사람들이 방사능사람을 보면 바로 거리를 두었다. 우리 조상은 어디를 가나 죄인이었다. 아이들도 태어나자마자 죄인이 되었다. 이렇게 우리 조상들은 떠돌며 흩어져 살았다. 재앙이 일어난 지 2만 년이 지나자 방사능 물질에서 방사선을 뿜어대는 양이 꽤 줄어들었다. 방사능사람들은 여러 나라에 흩어져 설움을 받으며 사느니 위험해도 조상 나라로 가서 살기로 했다.

작전관 : 2만 년이 지났으면 방사능 물질에서 방사선이 안 나올 텐데. 방사능 물질 반감기는 며칠, 몇 년, 몇십 년이 가고 극히 일부가 몇 만 년 간다고 하던데. 2만 년이 지나면 핵사고는 다 끝난 것 아닌가?

외계인 : 너는 반감기가 뭔지 모르는 모양인데, 반감기는 방사선 양이 반으로 줄어드는 기간이다. 방사선이 완전히 안 나오는 기간이 아니다. 핵발전소 폭발로 나온 지옥의 재에서 나오는 방사선은 시간이 갈수록 줄지만, 영원히 나온다. 그리고 과학이 예측한 예측은 완전히 빗나갔다. 꼬리핵발전소 8기와 사용후핵연료 임

시 저장소 폭발로 일어난 방사능 위험은 4만 년이 지나도 계속되고 있다. 그 증거가 나다. 지금 이 시대도 그렇지만 우리 시대에도 과학은 방사능 물질을 완전히 사람에게 해롭지 않게 만드는 기술을 만들지 못하고 있다. 여기에다 핵쓰레기를 안전하게 보관할 저장소조차 만들지 못하고 있다. 이렇게 핵발전소만 만들고 아무런 뒷감당을 못 하는 과학을 어떻게 철석같이 믿을 수 있는가? 과학은 미신이다. 과학은 인류에게 가장 큰 피해를 준 미신이다. 믿지 마라.

다시 하던 이야기로 돌아가서, 2만 년 전부터 세계에 흩어져 떠돌던 방사능사람들이 조금씩 민족의 고향으로 와서 방사능 없애는 작업을 하며 살기 시작했다. 물론 아직도 우리나라는 방사능에 오염되어 있다. 4만 년이 지난 지금도 사고가 났던 고대 울산, 고대 부산을 비롯한 고대 경상도, 고대 전라도는 방사능 오염농도가 높아 위험 지역이다.

이 사고가 일어난 뒤에 많은 사람들이 디엔에이DNA에 방사선 공격을 받아 기형아가 생겼다. 내 얼굴, 몸이 이렇게 일그러진 것도 조상들의 디엔에이DNA가 방사선에 공격을 받아 유전되다 보니 태어날 때부터 이랬다. 거의 모든 사람들 얼굴, 몸이 일그러졌기 때문에 다들 익숙해졌을 것 같은데도 한 번씩 마음속에 '괴물'이란 말이 떠올랐다.

나도 조상 땅에서 식구들과 오손도손 살고 있었다. 그런데 방사능 없애는 작업은 어떨 때는 목숨을 걸 만큼 위험하고 어려웠다.

우리가 살고 있던 곳은 다른 곳보다 방사능 오염이 더 심해서 기형아들이 더 많이 태어났다.

우리는 방사능 물질을 없애기 위해서 버섯도 키우고, 소금도 뿌려보고, 세계정부가 주는 방사능 제거기계에 흙을 통과시켜봤지만 내가 방사능을 없앨 수 있는 흙은 한 달에 고작 한 가마니밖에 되지 않았다. 그 한 가마니 조차도 방사능을 완전히 없앤 상태가 아니었다. 과학자들은 얼마 안 가서 방사능 물질에서 방사선이 완전히 안 나오게 하거나 방사능 물질을 사람에게 해가 없도록 하는 기술을 만든다, 만든다 하다가 4만 년이 지나도록 제대로 된 기계 하나 만들지 못했다.

그러던 가운데 나는 결혼을 했고 딸이 태어났다. 그런데, 그런데 다른 자식처럼 역시 내 딸도 태어날 때부터 나처럼 얼굴과 몸이 부풀고 일그러져 있었다. 이게 무슨 일인가? 정신이 아득해지며 산산이 흩어져 이 세상에서 사라지는 것 같았다. 각오하고 있었지만, 막상 당해보니 앞이 보이지 않았다. 이것은 저주였다. 저주를 풀기 위해서 뜻맞는 부모들이 모여 이야기를 나눴다. 물론 자유복합체가 모르도록 깊숙한 어둠 속에서 만났다.

작전관 : 자유복합체가 뭔가?

외계인 : 자유복합체란, 지금 너희들이 악령복합체라고 하는 것이다. 우리가 살고 있는 시대에는 악령복합체가 자기 모습을 감추려고 자유복합체로 부르도록 하고 있다. 누가 악령복합체란 말만 해도 감시 기계들이 아무 데서나 불쑥 나타나서 잡아간다.

우리들은 아무리 생각해도 다른 방법이 없어 결국 고대 울산, 고대 부산 꼬리핵발전소 8기가 터지기 전으로 가서 핵발전소가 안 터지도록 어떤 조치를 하는 것뿐이라고 결론을 내렸다. 그래서 동지 열세 사람을 모았다.

과거를 바꾸는 것은 위험한 일이다. 나비효과처럼 약간 바꾸는 것이 1만 년, 2만 년, 4만 년 뒤에 어떤 효과를 낼지 모르기 때문이다. 2만 년 전에는 타임머신을 타고 과거로 가서 돌멩이 하나만 그냥 들었다가 놓아도 이것이 미래를 파괴할 수도 있다는 것을 알아냈다. 1만 년 전에는 타임머신을 타고 과거로 가면 타임머신이 일으키는 공기 흐름이 미래에 재앙을 일으킬 수도 있다는 것을 알아냈다. 그래서 자유복합체가 허락하지 않으면 누구도 타임머신을 못 탄다.

우주헌장에는 미래로, 과거로 가서 미래와 과거를 조작하는 것은 물론이고 타임머신 타는 것조차도 불법이다. 우리도 법을 지키고 싶었지만 방사능 오염은 자손 대대로 4만 년이 넘어도 계속되어 아무리 해도 풀 수 없는 끝없는 저주였다. 우리는 인류 저주의 시작점, 꼬리핵발전소 8기 폭발, 이것 하나만 과거로 가서 고치자고 했다. 이것은 우리 식구뿐만 아니라 모든 인류, 짐승, 곤충, 식물과 지구에 있는 모든 생명을 위한 일이다. 이 일에 우리 동지들은 목숨을 걸었다. 일이 잘못돼도 지금보다 더 안 좋은 상황이 우주 어디에 있겠는가?

우리 동지, 열세 사람은 목숨을 걸고 세계그림자정부건물에 몰래 스며들어서 타임머신을 타고 그림자경찰들과 그림자 군대를 따돌리며 이 시대로 왔다. 그런데 타임머신이 출발할 때, 그림자경찰이 쏜 전자파총에 맞은 것 때문인지 이 시대로 와서 고장을 일으켜 산에 떨어졌다. 나머지 동지는 다 죽고 살아남은 나는 잡혔으니 우리 작전은 실패인 것 같다.

작전관 : 저것이 무슨 소리를 하고 있어. 핵발전소를 어떻게 하려 하다니, 이 이야기가 절대 밖으로 새나가지 못하게 해.
(갑자기 작전관에게 연락이 왔다. 작전관은 꼿꼿이 서서 "예, 예, 예" 잇달아 대답하더니 연락을 끊는다.)
저거 폐기 처분하고 지금까지 있었던 일은 없었던 일이다. 오늘 있었던 일에 관한 모든 기록은 모두 지워. 누구도 오늘 있었던 일을 이야기하면 더 이상 숨 못 쉴 줄 알아.

그 뒤 이 일은 비밀에 부쳐졌다. 모두가 잊었다.

그리고 한 달이 지났다.
전과 똑같이 생긴 낯선 비행체 3대가 그믐밤 영취산 단조성에 부드럽게 내렸다.

염라대왕

건물 안이 좀 어둑어둑하다. 창문과 커튼이 밖에서 들어오는 강한 빨강 파란색이 드는 어두운 불빛을 받아 분위기가 더욱 어둡다. 널찍한 건물 안에는 살생부가 바닥부터 천장까지 사방 벽 쪽에 까마득히 쌓여있다.

염라대왕은 지위에 걸맞은 의자에 앉아있다. 하지만 오늘도 몸도 불편하고 마음도 불편하다.

그 앞에 다소곳이 서 있는 저승차사도 뭔가 잔뜩 마뜩잖은 표정이다.

염라대왕 : 이거, 무슨 일이야? 왜, 사람뿐 아니라 소, 개, 고양이, 벼룩, 아메바, 해바라기, 토마토, 오이, 이끼까지 해괴한 모습으로 내 앞에 오는 게 점점 많아지는 거야? 죽은 모습도 보기 좋지 않은데 모양까지 해괴하니, 처음 볼 때는 괴상망측했지만, 자꾸 보니 불쌍하여 차가운 내 가슴도 슬퍼진다. 무슨 일이야? 도대체 무슨 일이야?

저승차사 : 보고 드리자면 가깝게는 쭈꾸시마 핵발전소와 케르나빌 핵발전소 폭발 때문에 그러하옵니다. 멀게는 사람들이

400기가 넘는 핵발전소를 돌리고 있고, 여기서 나온 핵쓰레기를 아무 데나 버렸습니다. 또 핵실험 한다며 뻔뻔스럽게 핵폭탄을 지구 여기저기 마구 터트렸기에 그러하옵니다.

염라대왕 : 아니, 쭈꾸시마는 얼마 전에 터졌으니 그렇다 치고 케르나빌은 터진 지가 20년이 넘었으니 다 지난 일 아니야?

저승차사 : 터진 핵발전소 속에서 심한 방사능 제염작업 같은 것을 하여 방사능에 피폭이 엄청나게 많이 되면 바로 혹은 며칠 안에 죽지만 그렇지 않으면 서서히 방사능 피폭 효과가 나타납니다.

케르나빌 사고로 벨라누스 같은 곳에서는 피폭 당해 당시도 꽤 죽었지만 10년, 20년 갈수록 병들어 죽어 가는 사람 수가 늘어나고 있습니다. 방사능은 생명의 뿌리인 디엔에이$_{DNA}$를 공격하여 폭파시킵니다. 그래서 방사능에 피폭되면 그 사람도 위험하지만, 나중에 그 사람에게서 태어나는 자식마저도 기형 혹은 여러 희귀한 선천성질환을 가지고 태어나게 됩니다.

터진 케르나빌 핵발전소 심장은 아직도 뛰고 있습니다. 당시 나온 방사능 물질에서 계속 방사선이 나와 케르나빌 둘레는 지금도 사람이 살 수 없는 죽음의 땅입니다. 핵발전소가 폭발하면 요오드, 세슘을 비롯한 200여 가지 방사능 물질이 세상으로 뛰쳐나옵니다. 핵폭탄으로 유명한 핵물질, 플루토늄은 반감기만 2만 30년입니다. 하지만 반감기가 끝난다고 다 끝나는 것이 아닙니다. 왜냐면 모든 방사능 물질에서 방사선은 영원토록 나오기 때문입니다. 이점이 큰 걱정거리입니다. 케르나빌 사고는 신문, 방송, 언론매체에서는 거의 잊혀진 일이지만 현실에서는 여전히 펄펄 살아 있습니다. 케르나빌 이후 쭈꾸시마 핵발전소 4기가 잇달아 터져 시간이 갈수록 피폭 당해서 죽는 해괴한 생명들이 더욱 늘어날 것입니다.

염라대왕 : 에이, 뭐 이런 젓같은 일이 있어. 누가 이런 젓같은 것을 만들었어? 그러면 이들이 죄가 있어서 해괴하게 된 것이 아니네. 내 예감이 맞았어. 어쨌든 죽은 것들이 많이 와서 북적대니 정신이 없고 휴가도 못 가잖아.

저승차사 : 저도 사람 데리고 온다, 소 데려온다, 고양이, 벼룩, 모기, 토마토, 민들레 따위를 데리고 오느라 엄청 바빠졌습니다. 이제, 사람들은 대왕님보다 방사능을 더 무서워합니다. 대왕님이야, 목숨을 순식간에 가져가지만, 방사능은 사람을 피폭시켜 악귀 같은 병에 걸리게 하는데 이 병에 약이 없는 것도 없는 것이지만, 고통이 얼마나 악랄한지 살은 사람이 죽은 사람을 부러워할 정도입니다.

염라대왕 : 내 가슴이 차갑기는 하지만 시원한 면도 있지. 핵발전소 돌리는 저 인간들을 가만히 두지 못하겠다. 차사야! 내하고 세상으로 가서 단단히 수를 좀 쓰고 오자.

저승차사 : 예~에~, 대왕.

$$*** 이 세상 ***$$

염라대왕 : 차사야, 핵발전소를 만들었고 아직도 핵발전소 만

들자고 선동하는 연놈들을 다 모았겠지?

저승차사 : 예~에~.

염라대왕 : 어디 보자? 헉, 꼴통들만 모으라고 했는데 뭐 이리 많아?

저승차사 : 저도 대왕님 명령대로 고르고 골랐는데도 이렇습니다.

염라대왕 : 알겠다. 핵에 세뇌되고, 중독된 인간들은 들거라. 내가 저 세상에 차마 눈뜨고 보고 있을 수 없어 친히 이 세상에 왔다. 지금이라도 핵발전소 짓는 거 멈추고, 돌리고 있는 것도 멈춰, 탈핵하자는 인간은 안 데려가겠다.

(다들 표정 하나 안 바꾸고 들은 척 만 척 먼 산이다.)

어허, 이런 발칙한 것들이 있나?

저승차사 : 대왕, 이들은 핵을 목숨보다 더 소중히 여기는 것 같습니다.

염라대왕 : 내가 친히 이 세상에 내려와 보니, 이 세상과 저 세상이 어찌하다 이 지경이 됐는지 짐작이 가는구나. 너희들이 악령복합체를 믿고 그러는 모양인데…….

좋다. 내가 너희 같은 악령복합체 부속 몇 개 빼가도 시스템은 계속 살아있고 빈자리는 또 다른 새 부속을 끼워 넣으면 아무 이상이 없이 계속 돌아간다는 이 말인데…….

너희 생각대로 나는 대장균처럼 아무리 작아도 생명 있는 것은 저 세상으로 데려갈 수 있지만, 악령복합체, 국가, 사상처럼 아무리 크고 유명해도 생명이 없는 것은 하나도 데리고 갈 수 없다. 하지만 나는 영향은 미칠 수 있다. 이 영향은 강력하다. 곧 너희들은 잘못 판단했다는 것을 알게 된다.

자, 편리에 세뇌되고, 독에 중독되고, 돈에 중독되고, 핵에 중독된 모든 연놈들에게 선고를 내린다.

너희들은 다 저승행이다. 그리고 귀신이 되어도 가만히 두지 않겠다. 핵쓰레기에서 방사능이 영원히 나오듯이 너희들을 영원히 저승 감옥에 가두겠다. 다시 말하면 너희들은 이 세상에 다시 태어날 수 없다. 저승 감옥도 여러 가지가 있다. 이번에 너희들을 위해서 특별한 감옥을 주문 제작해놓았다. 바로 핵지옥 감옥이다. 핵반응을 해서 가장 뜨거운 감옥이다. 뜨겁기가 불지옥과 차원이 다르다. 그리고 심심하지 말라고 하루에 한 번씩 머리 위에서 핵연료가 녹아내리는 멜트다운도 한다. 찌릿찌릿하겠지. 너희들이 그렇게 좋아 미치는 핵이다. 하지만 나는 염라대왕이다. 나는 항상 너그러운 마음이 있다. 너희들이 멜트다운 되는 핵지옥에 있겠지만, 그곳에서 뉘우쳐 방사능 피폭으로 피해를 입은 사람들에게 사죄를 하고, 피해 준 만큼 보상을 하고, 탈핵을 외치고, 너희들이 온 세상에 퍼트려놓은 방사능도 거두어드리고, 핵쓰레기를 해롭지 않은 물질로 만들고, 방사능으로 생긴 병을 고치는 치료법을 만들어 내어 치료하면 너희들을 용서하겠다. 끝.

차사야, 먼저 가서 지옥문 활짝 열어놓거라.

이번에는 단체 손님이다.

가자 가자 집에 가자
에이오오 어이혜에
이제가면 언제오나
에이오오 어이혜에
핵발전소 탈핵하소
에이오오 어이혜에
어서어서 탈핵하소
에이오오 어이혜에
태양풍력 발전하여
에이오오 어이혜에
안전하게 전기얻세
에이오오 어이혜에
깨끗하게 전기얻세
에이오오 어이혜에
북망산천 어디인가
에이오오 어이혜에
핵발전이 북망산천
에이오오 어이혜에
저승길이 어디인고
에이오오 어이혜에
방사능이 저승길
에이오오 어이혜에

쉽고빨리 편하려다
에이오오 어이혜에
칠성판이 웬말이냐
에이오오 어이혜에
방사능이 끝이없어
에이오오 어이혜에
우리공포 끝이없네
에이오오 어이혜에
방사능에 피폭되어
에이오오 어이혜에
기형아가 태어나니
에이오오 어이혜에
아이고야 아이고야
에이오오 어이혜에
어찌할꼬 어찌할꼬
에이오오 어이혜에
이런일을 어찌할꼬
에이오오 어이혜에
방사능이 ······
에이······
사람···
에···

실마리

콜럼버스가 앞장서서 총, 칼, 속임수로 아메리카 땅을 어슬렁거리릴 때쯤부터 온 세계는 서양식에 맞춰지기 시작했다. 그 뒤로 온 세계는 서양식에 따라 살았다. 따를 수밖에 없었다. 서양은 온 세계 지도자로서 전쟁, 금융, 언론, 산업, 과학, 영화, 미디어… 이것 저것 발전시키며 세상을 휘몰더니 끝내 핵무기를 만들고 핵발전소를 만들어 인류를 스스로 자살하는 쪽으로 서서히 서서히 급격히 급격히 몰아가고 있다. 서양식으로 계속 살아가다간 인류는 자살하고 만다. 여러 가지가 있지만, 핵발전소와 핵폭탄만으로도 서양식 기준과 서양식 방식으로 살다간 인류는 큰일 당할 느낌이 든다. 하나를 알면 열을 안다고 핵발전소란 하나에 대한 열은 뭔가? 무시무시한 세상이다. 서양이 죽인 것들이 뭔지 찾아서 하나 하나 살리면 살린 만큼 우리 인류는 죽음의 길에서 점점 멀어져 살길로…

방사능 피폭 시대

- 인류 경기

아나운서 : 한국 날씨는 금방 비가 올 듯 구름이 빽빽이 끼어있습니다. 미국은 비가 여러 곳에서 내립니다. 프랑스는 대체로 흐립니다. 멕시코는 맑습니다. 인도는 구름이 좀 끼었습니다. 남아프리카공화국은 대체로 맑습니다. 남극은 차가운 가운데 화창합니다.

온 세계에 계시는 인류 여러분 안녕하십니까? 이번 경기 아나운서를 맡은 베크렐입니다.

해설가 : 날씨가 경기하기에 나쁘지 않군요. 온 인류 여러분 안녕하십니까? 저는 경기 해설을 맡은 박경쟁입니다.

아나운서 : 저는 이번 경기 아나운서를 맡은 영광으로 몸 둘 바를 모르겠습니다. 운동경기 중에 참가 선수가 가장 많은 경기가 마라톤인데 이번 경기에 참가하는 선수는 마라톤보다 훨씬 더 많습니다. 마라톤에 참가하는 선수들은 개미떼 같은데 이번 경기에 참가하는 선수들은 해수욕장에 깔려있는 모래알 같습니다. 왜냐하면 모든 인류가 다 참가하기 때문입니다.

해설가 : 예, 그렇죠. 저도 수많은 경기 해설을 해봤지만 이렇게 남녀노소 모든 인류가 선수로 참가하는 경기는 처음입니다. 이번 경기는 이 경기를 방송하고 있는 저희, 아나운서와 해설가 마

저도 선수로 참가하고 있습니다.

아나운서 : 이 경기는 텔레비전, 라디오, 인터넷으로 온 세계에 생방송 중입니다. 이 경기가 어떤 경기인지 시청자들께서 무척 궁금해하실 것 같은데 설명을 자세히 해 주시겠습니까?

해설가 : 이 경기는 방사능 먹기 경기입니다. 방사능을 누가 얼마나 빨리 많이 먹느냐가 승패를 가립니다.

 악령복합체와 핵마피아들이 땅 위, 땅속 심지어 대기권에서도 핵폭탄을 많이 터트렸고, 바다에는 핵쓰레기를 버렸습니다. 여기에다 방사능이 나오는 핵발전소를 계속 돌리고 있고, 강력하게는 체르노빌, 후쿠시마 핵발전소가 폭발해서 방사능은 이미 온 지구에 두루두루 퍼져있습니다.

아나운서 : 예, 그렇군요. 이 경기 방송을 하려면 선수들이 방사능을 얼마나 먹고 있는지 알아야 할 텐데 어떻게 알 수 있습니까?

해설가 : 지구 위에 사는 모든 사람들 머리카락 한 가닥, 한 가닥 속에 있는 방사능 양까지도 다 잴 수 있는 고성능 방사능 측정기를 가진 인공위성 수백 대가 지금 지구 위에서 분주히 움직이고 있습니다. 이 인공위성에서 보내는 기록을 우리는 이 자리에서 화면으로 바로 확인을 할 수 있습니다.

아나운서 : 대단합니다. 그런데 출발은 언제 하죠?

해설가 : 이미 했습니다.

아나운서 : 뭐라고요? 출발 신호 못 들었는데요?

해설가 : 라디오, 신문, 인터넷, 텔레비전을 듣고 보는 사람은 다 출발신호를 듣고 보았습니다.

아나운서 : 아니, 출발 신호가 언제 어떻게 났기에 그러는 겁니까?

해설가 : 출발신호는 바로 후쿠시마 핵발전소 1호기 폭발소리였습니다. 혹시 이 출발 신호 못들은 사람 있을까 싶어 3호기, 2호기, 4호기도 잇달아 폭발하여 이 경기가 열렸다는 것을 온 세계 확실하게 알려줬지요.

후쿠시마 핵발전소가 폭발했을 때 많은 사람들이 이렇게 대단한 경기가 열렸는데 왜 방송을 안 하느냐며 항의를 해서 부랴부랴 준비하여 이제야 방송을 하게 되었습니다. 중요한 일은 빨리 방송을 해야 하는데 늦어서 죄송합니다.

누가 후쿠시마 핵발전소가 터질 줄 알았습니까. 그러나 터져 버려 이 경기가 열리게 됐습니다. 터짐과 동시에 모든 인류는 자동으로 선수로 참가하게 됐습니다. 어떤 사람은 가만히 앉아서, 어떤 사람은 자다가, 어떤 사람은 밥을 먹다가, 책을 보다가, 게임을 하다가, 산을 오르다가, 어떤 아기는 엄마 젖을 달게 빨다가, 모든 태아는 엄마 뱃속에서 경기에 참가하게 되었습니다.

아나운서 : 그러고 보니 아기와 태아까지도 참가했군요. 인류 최초로 모든 인류가 참가하여 벌리는 방사능 먹기 경기를 시청자 여러분은 보기도 하고 참가도 하고 있습니다.

방사능을 퍼트리는 핵발전소와 핵폭탄은 위대한 아인슈타인,

페르미같이 노벨상을 받은 여러 과학자들을 비롯한 세계에서 아주 유명한 오펜하이머같은 여러 과학자들이 힘을 모아 굉장히 어렵고 복잡한 첨단 과학으로 만들었습니다. 핵발전소 부품과 기계장치 수는 200만 개 이상 됩니다. 이러니 방사능 먹기 경기 규칙도 굉장히 복잡할 것 같은데요? 방사능 먹기 경기 규칙을 자세히 설명해주시겠습니까?

해설가 : 간단합니다. 다른 먹기 경기처럼 방사능을 빨리 많이 먹으면 1등이 됩니다.

아나운서 : 뜻밖에 간단하군요.

해설가 : 결승점을 통과하면 1등에서 3등까지는 메달과 상금, 여기에다 죽음까지 줍니다.

아나운서 : 헐, 뭐요?

해설가 : 올림픽은 참가하는데 의의가 있다면서 1, 2, 3등에게만 상으로 메달만 주고 마는데 우리는 쩨쩨하게 안 그럽니다. 물론 우리도 1, 2, 3등에게만 메달과 상금을 주지만 결승점을 통과한 모든 사람들에게 1, 2, 3등과 마찬가지로 죽음을 상으로 다 줍니다. 참으로 화끈하지 않습니까? 이렇게 해야 경기할 맛이 나죠. 이게 바로 평등입니다. 이게 바로 민주주의입니다.

아나운서 : 아무리 완주하는데 의의가 있고 참가하는데 뜻이 있다지만 죽는다는 것은 좀 그렇지 않습니까? 아이, 아기, 태아까지 참가하고 있는데요? 결승점에서 죽음이 기다리면 누가 1등 하려고 열심히 방사능을 먹겠습니까? 1등은 해야 하지만 경기 규칙

이 이러면… 걱정이 되는데요.

　　해설가 : 긍정, 긍정, 긍정으로 보세요. "칭찬은 꼴뚜기도 웃게 한다." 하지 않습니까. 세상을 좀 긍정하세요. 사람이 왜 그렇게 부정을 합니까? 긍정으로 봐야 잘됩니다. 부정으로 보면 부정타서 될 일도 안 됩니다. 그래서 다들 긍정으로 보라고 하는 것 아닙니까.

　경쟁에서 이겨 1등 하라는데 뭐가 잘못됐나요? 위대한 생물학자 찰스 다윈도 경쟁에서 이겨야 살아남는다고 안 했습니까. 1등 하지 말라는 사람이 이상한 거죠. 온 지구가 방사능에 오염됐기 때문에 사람들은 방사능을 먹게 되었습니다. 이것은 운명입니다. 온 인류 앞에 위대하고 거룩한 방사능 먹기 경쟁의 장이 펼쳐졌습니다.

　세계화, 글로벌같이 온 세계가 경쟁사회인 것을 잊었습니까? 예전에는 우리 반, 우리 마을, 우리나라에서 1등 하면 되었지만 이제는 세계화, 글로벌이 되어 세계 모든 사람들이 경쟁 상대가 되었습니다. 다시 말해서 옆에 있는 친구뿐만 아니라 세계 모든 사람들이 당신의 적입니다. 그래서 엄청나게 노력을 해야합니다. 1등에 목숨을 걸어야 남보다 좀 더 잘할 수 있습니다. 저 앞에 화려한 1등이 보이지 않습니까? 남이 하는 것은 다 해야 합니다.

　민주주의 꽃, 투표를 보세요. 아무리 바르고 똑똑해도 사람들이 안 찍어주면 떨어집니다. 남들에게 잘 보여야 합니다. 남들 다 하는데 안 하고 남들에게 인정받으려고 하면 됩니까? 남들 다 하는데 혼자 안 한다는 것은 경쟁에서 뒤처진다는 말입니다. 남들

다 하는데 혼자 안 하면 자기 스스로 왕따를 시키는 겁니다. 이래 놓고 다른 사람에게는 왕따 당했다고 하지요. 말도 안 됩니다. 이런 사람은 제정신이 아닙니다. 이런 사람을 우리는 인생 패배자라고 합니다. 패배자, 패배자, 당신은 가족, 친구와 사회가 당신을 패배자로 부르기를 바랍니까? 당신이 가만히 있을 때 경쟁자는 한 발 더 나갑니다. 누구는 경쟁에 이기려고 하루에 4시간 잔다, 3시간 잔다고 하는데 1등 하기를 머뭇거리면 언제 남보다 더 잘할 수 있나요? 1등이 얼마나 좋습니까? 남보다 잘해서 좋고 상장, 상품, 상금도 두둑하죠. 텔레비전으로 마라톤을 보면 누구를 가장 많이 보여줍니까? 그렇습니다. 1등이죠. 잘 알면서 왜 그러세요.

1등이 걸려있으니 목숨을 걸어야 합니다. 권투, 레슬링, 사격, 창던지기 따위의 운동경기는 다 경쟁의 최고점, 싸움에서 왔습니다. 그중에 올림픽의 꽃, 마라톤이 있습니다. 마라톤이야말로 가장 고귀하고 성스러운 우리들의 경기입니다. 최초 마라톤 선수, 고대 그리스인 페이디피데스가 결승점을 들어와서 죽었지 않습니까? 참으로 거룩한 죽음이었습니다. 그는 우리의 영웅입니다. 우리 영웅은 우리가 나아가야 할 길을 확실히 보여주었습니다. 이 영웅을 본받아 우리는 1등에 목숨을 바쳐야 합니다. 이것이 스포츠 정신의 중심입니다. 페이디피데스에게 신의 축복이 있기를……

이런 점에서 한국을 이해 못 하겠어요.

아나운서 : 왜요?

해설가 : 한국은 핵발전소 밀집도에서 세계 1등입니다. 1등과

2등 차이가 비슷비슷하지 않고 눈에 띄게 많이 납니다. 한국은 홀로 세계 1등입니다. 하지만 한국은 1등을 놓칠까 싶어 불안한지 핵발전소를 계속 더 짓고 있습니다. 여기에다 독일, 이탈리아, 스위스, 스웨덴, 벨기에는 핵발전소 건설을 취소하거나 있는 것도 멈추는 탈핵을 결정했습니다. 대만은 막대한 돈을 드려 거의 다 지은 새 핵발전소를 국민 뜻에 따라 짓기를 멈췄습니다. 유럽에서 핵발전소가 가장 많은 나라, 프랑스도 핵발전소를 줄이기로 했습니다. 세계에서 핵발전소를 가장 많이 가진 나라, 미국은 쓰리마일 핵발전소 사고가 난 뒤 지금까지 30여 년 동안 핵발전소를 거의 짓지 않고 있습니다. 중국이 한국을 열심히 뒤를 쫓고 있지만, 핵발전소 하나 짓는 데 수년이 걸리고 중국은 땅이 넓어서 핵발전소 밀집도에서 한국을 따라갈 수가 없습니다. 특별한 변수가 없는 한, 한국이 핵발전소 밀집도에서 세계 1등을 계속 하는 것은 확실합니다. 한국은 이렇게 자랑스럽고 영광스러운 기록을 가지고 있습니다. 그런데 한국은 온 세계에 이것을 자랑하지 않고 있습니다. 어쩌다 이 지경이 되었을까요? 안타깝습니다. 핵을 무시하다간 나중에 큰일 치릅니다.

더구나 핵발전소 도시, 공업 도시, 공해 도시 울산은 서쪽 옆구리에는 부산 고리핵발전소 4기를 동쪽 옆구리에는 경주 월성핵발전소 6기에다 핵쓰레기장까지 두르고 있습니다. 여기에다 울산 스스로 신고리핵발전소 4기를 품고 있습니다. 세계 어디에도 이렇게 많은 핵발전소와 같이 사는 도시는 없습니다. 핵발전소 도시 울산의 핵발전소 밀집도는 한국에서뿐만 아니라 세계에서도 최고입니다. 이렇게 대단한 기록을 가지 있다니 놀랍지 않습니까?

울산은 이것으로도 마음에 안 차는지 핵발전소를 더 지으려고 하고 있고 핵발전소 해체 같은 핵발전소 관련 산업을 드려오기 위해 핏발선 눈으로 두리번거리고 있습니다. 놀랍습니다. 대단합니다. 울산은 위대하고 거룩하고 하늘에 뜬 해와 같은 찬란한 도시입니다. 오, 울산은 위대한 핵발전소의 나라, 한국에 있는 위대하고 찬란한 핵발전소 도시입니다. 오, 거룩하고 위대한 울산이여 방사능처럼 영원하라.

울산 사람들은 이것에 자부심을 가져야 합니다. 그런데 이 사실을 한국이나 울산이 온 세계에 자랑을 하고 있지 않습니다. 마치 조개가 입을 다물 듯 딱 닫고 있습니다. 어찌 된 일입니까? 기껏 울산은 환경도시, 고래도시 어쩌고 자랑을 하는데, 이것은 위대하고 거룩한 핵발전소에 대한 모독입니다. 1등에 대한 모독입니다. 울산보다 환경 좋은 도시는 세계에 널려있습니다. 참 답답합니다. 고래도시라니요? 고래가 울산에만 사나요? 물에 잠겼다 말았다 하는 반구대 고래 나부랭이가 뭐 그리 대단한가요? 한심합니다. 왜 최첨단 핵발전소 밀집도 1등을 자랑하지 않나요? 기가 막힙니다. 어쩌다 이런 꼴이 되었을까요? 어처구니가 없습니다.

이런 옳지 못한 습성은 빨리빨리 고쳐야 합니다. 어떤 울산 정치가는 울산을 세계의 최고 도시로 만들겠다고 합니다. 이런 말은 필요 없습니다. 이미 울산은 핵발전소 밀집도에서 세계 최고입니다. 왜 자기 자신을 이렇게 모릅니까? 위대한 그리스 철학자 소크라테스도 이렇게 말했지 않습니까?

"너 자신을 알라"

아나운서 : 역시 고대세계역사에서부터 철학까지 꿰뚫는 박경쟁 해설위원의 분통 터지는 해설이었습니다. 자, 그러면 선수들이 어떻게 경기를 뛰고 있는지 보겠습니다.

먼저 북한을 보겠습니다. 저기 북한 개성에 사는 리영희 선수는 식당에서 비빔밥을 젓가락으로 맛있게 비비고 있습니다. 붉은 고추장, 흰 쌀밥, 노오란 콩나물과 여러 빛깔 나는 나물이 잘 섞이도록 비비고 있습니다. 한 숟가락 먹고 싶은데요. 어, 그런데 비빔밥에 들어있는 표고버섯을 젓가락으로 들어내고 비비고 있군요.

해설가 : 아, 저 선수 저래서는 안 되는데… 다른 음식보다 표고버섯에 방사능이 있을 확률이 높습니다. 이번 경기 승패는 방사능이 많이 들어있는 음식을 많이 먹는 것이 중요합니다. 표고버섯 같은 음식을 많이 먹어야 한사람이라도 더 앞지를 수 있습니다. 안타깝네요.

아나운서 : 지금부터 이런 안타까운 일이 안 일어나면 좋겠습니다. 이번에는 유럽에서 핵발전소를 가장 많이 돌리고 있는 나라, 프랑스로 가보겠습니다. 저기 프랑스 마르세유에 사는 알랭 선수 밥상에는 표고버섯이 아예 없는데요.

해설가 : 알랭 선수 밥상에 표고버섯은 없지만 고기가 많습니다. 방사능 물질은 생물 몸속에 쌓입니다. 그래서 고등 생명일

166

수록 방사능 물질이 몸 속에 많이 쌓입니다. 동물이 식물보다 더 고등생물입니다. 눈치 빠른 선수들은 눈치를 챘겠지만 1등 하는 데는 채식보다는 육식이 좋습니다.

아나운서 : 예, 시청자 여러분들도 잘 듣고 있겠지요. 지금 1등 할 수 있는 방법을 여러모로 알려드리고 있습니다. 저기 인도 뉴델리에 사는 라훌 선수는 밥상에 고기반찬이 전혀 없군요.

해설가 : 라훌 선수는 힌두교인이라 육식을 안 합니다. 아까 앞에서 말했지만, 채식을 하는 사람은 이번 경기에 불리합니다. 그러나 채식하는 선수가 1등하고 싶어 갑자기 고기를 많이 먹으면 속이 거부반응을 일으킵니다. 햄버거같이 값싸면서 쉽게 먹을 수 있는 음식부터 시작해서 점점 고기 양을 늘려가면 좋겠습니다.

아나운서 : 이번에는 호주로 가보겠습니다. 지금까지 둘러본 나라는 다 핵발전소나 핵무기를 가지고 있습니다. 하지만 호주는 핵발전소도 가지고 있지 않고 핵무기도 가지고 있지 않습니다. 호주는 핵에 관해서 꽤 부정스런 국가입니다. 하지만 캐서린 선수가 먹는 음식은 다른 선수와 크게 다르지 않은데 꽤 앞서가고 있습니다.

해설가 : 캐서린 선수가 다른 사람보다 앞서가는 것은 사는 곳이 퀸즐랜드주이기 때문입니다. 퀸즐랜드 주에는 핵발전 원료인 우라늄을 캐는 광산이 있죠. 우라늄 광산 주변은 우라늄 광석에서 나온 방사능이 마을을 오염시켜 별 노력을 하지 않아도 보통 마을에 사는 사람보다 방사능을 많이 먹게 됩니다. 물론 캐서린

선수보다 우라늄 광산에서 우라늄을 캐는 캐서린 선수 남편이 훨씬 더 앞서 있겠죠. 이래서 사는 곳이 중요합니다.

아나운서 : 이번에는 핵발전소 밀집도가 세계 최고인 한국으로 가보겠습니다. 한국 울산에 사는 김철수 선수는 온종일 비를 맞으며 울산에 있는 가지산을 오르고 있습니다.

해설가 : 이런 등산도 괜찮은 방법입니다. 핵발전소는 돌리기만 해도 방사능이 밖으로 새어 나와 핵발전소로부터 160km에 사는 사람에게까지 암을 일으킵니다. 마침 바람도 핵발전소가 터진 일본 후쿠시마에서 한국 쪽으로 불고 있습니다. 울산에는 신고리 핵발전소가 있습니다. 울산 양 옆구리에는 고리 핵발전소와 월성 핵발전소가 있습니다. 그런데 온종일 비를 맞으며 등산을 하니 다른 사람보다 앞서가게 되지요. 좋아, 좋아, 아주 좋아요. 비를 맞으면 추울 텐데 추위를 무릎 쓰고 비를 맞으니 박수 보내 줘야만 합니다.

아나운서 : 이번에는 브라질로 가보겠습니다. 브라질 리우데자네이루에서 뛰고 있는 까를로스 선수는 지금 엑스x선 촬영을 하고 있습니다. 엑스x선 촬영도 방사능 먹는 괜찮은 방법이죠?

해설가 : 그렇습니다. 엑스x선과 시티ct 촬영으로 방사능을 먹는 것을 외부피폭이라고 합니다. 외부피폭이란 바깥에 있는 방사능 물질에 의해서 사람이 방사선에 피폭되는 것을 말합니다. 그러니깐 사람이 방사능 물질에서 멀어지면 피폭을 안 당하게 됩니다. 그런데 방사능에 오염된 음식을 먹으면 방사능 물질이 우리 몸

속에 들어와서 머물러 우리가 어디를 가나, 무엇을 하나, 앉으나 서나, 자나 깨나 계속 우리 몸을 피폭시킵니다. 이렇게 우리 몸속에 방사능 물질이 들어와서 우리 몸에서 나갈 때까지 계속 피폭시키는 것을 내부피폭이라 합니다.

핵발전소가 폭발하여 나온 200여 가지 방사능 물질은 우리 몸속에 쌓입니다. 이 방사능 물질 중에 여러 방사능 물질들이 우리 몸속에 며칠, 몇 년, 몇십 년 동안 쌓여 머뭅니다. 어떤 방사능 물질은 우리 몸속에 평생 쌓여 머물면서 방사능 피폭을 평생 시킵니다. 더구나 사람 몸은 방사능 물질과 가까우면 가까울수록 방사선에 피폭을 많이 당하고 멀어지면 멀어질수록 피폭을 적게 당합니다. 그런데 내부 피복은 우리 몸과 방사능 물질 거리가 0이래서 더 강력하게 방사선에 피폭을 당합니다. 그래서 방사능 물질량이 적어도 내부피폭이 외부피폭보다 1등 하는 데 훨씬 더 유리합니다. 그래서 먹는 음식이 중요합니다.

아나운서 : 아, 저기 엄청나게 빠른 속도로 세계 1등 하는 선수가 있습니다. 바로 우리가 바라던 선수입니다. 이렇게 열심히 뛰어줘야 재미가 있죠. 어느 나라 선수인지 인공위성 자료 화면을 보겠습니다. 아, 미국 선수군요. 미국은 핵발전소와 핵폭탄의 고향이죠. 역시 미국입니다. 은근히 기대가 되는데요. 그곳으로 중계차가 나가 있습니다. 중계차를 연결해서 그곳 상황을 듣겠습니다.

중계차 : 여기는 중계차입니다. 지금 저는 미국 시카고에 와

있습니다. 여기는 뜻밖에 감옥입니다. 지금 1등하고 있는 선수와 이야기를 나눠보겠습니다. 지금 세계 1등인데 기분이 어떻습니까?

시버트 : 내 태어나서 1등 하라는 소리 많이 듣고, 1등 하려고 애를 썼지만 1등 한 번도 못해봤어요. 근데 이제야 1등 한다는 소리 들어보네요. 기분 좋습니다.

중계차 : 당신은 경쟁하는 우리 인류가 바라는 그런 선수시군요. 물론 모든 사람들이 1등을 원하지만 1등 해야 할 특별한 까닭이 있습니까? 1등 하기 위해서 어떤 노력을 하셨나요?

시버트 : 까닭이라니요? 나 원 참. 답답하기는, 뭘 하든 하기만 하면 무조건 1등 해야죠. (눈을 길게 흘긴다)

1등 하기 위해서 크게 노력한 건 없습니다. 방송이 말해주는 대로 했어요. 더구나 나는 고기를 좋아합니다. 요즘 맑게 살려는 사람들이 소고기, 닭고기, 돼지고기, 참치 같은 고기를 안 먹으려고 하는데 나는 더 먹죠. 햄버거 같은 것도 침을 흘리며 먹어요. 나는 죽는 거 두렵지 않아요. 왜냐면 사형수거든요. 나중에 사형을 당해 죽으나 방사능에 피폭되어 죽으나 죽는 건 마찬가진데 먹고 싶은 거 실컷 먹고 죽자 싶어서 열심히 먹고 있죠. "먹고 죽은 귀신은 때깔도 좋다"고 안 합니까? ㅎㅎㅎ

더구나 특별한 길을 통해 후쿠시마 명태도 한 번씩 먹습니다. 후쿠시마 명태는 무, 파 썰어 넣고 고춧가루 풀어 국 끓여 먹으면 얼마나 시원한지 곧 죽어도 모르지요. 1등 하게 해주는 방사능까지 들어있으니 더 말해서 뭐합니까? 이렇게 계속 경기를 하면 나중에

1등으로 골인하는 것은 맡아 놓은 거 아닙니까. ㅎㅎㅎ

기자님도 앉아서 시원한 명탯국같이 먹읍시다.

중계차 : 지금 방송 중이라 나중에……

*** 그리 많은 날이 지나지 않음 ***

(메인스타디움에서는 1등을 맞기 위해서 많은 사람들이 초조히 많은 자리를 꽉 채우고 있다.)

아나운서 : 경기가 시작된 지 꽤 되었습니다. 다시 선두 그룹이 어디쯤 오고 있는지 보겠습니다. 아, 선두그룹이 메인스타디움을 얼마 남겨두지 않았습니다. 더구나 지금 1등 선수는 메인스타디움에 거의 다다랐습니다. 메인스타디움에서는 긴장감이 돌고 있습니다.

해설가 : 1등 선수는 어느 나라 선수죠?

아나운서 : 핵발전소가 터져, 강력한 우승 후보였던 일본 선수입니다. 핵발전소가 얼마나 강력한지 확실히 보여주고 있습니다. 드디어, 드디어 1등이 메인스타디움을 들어서서 결승점으로 1시버트, 2시버트, 한발 한발 자꾸자꾸 가까워지고 있습니다. 결승점에 나가 있는 중계차를 연결해보겠습니다?

중계차 : 저기, 저기 1등이 결승점으로 점점 다가오고 있습니다. 몸이 많이 지쳐있는 듯 보입니다. 점점 다가오는데 머리는 머리칼이 몇 가닥 안 남은 대머리입니다. 얼굴이 핼쑥합니다. 눈동자

171

는 초점이 흐려져 있습니다. 한쪽 다리를 끙끙 끌며 오고 있습니다. 결승점에 거의 다 왔습니다. 이제 10미터 남았습니다. 계속 끙끙 다리를 끌며 힘겹게 힘겹게 5미터, 쉽지 않은 2미터, 숨이 목에 닿도록 1미터, 조금 더 조금 더, 더 드 드디어 드디어 결승점에⋯ 골, 골인, 골인 세계 1등입니다.

우리 시대의 새로운 영웅이 태어났습니다. 그럼 새 영웅에게 가서 1등 느낌을 물어보겠습니다. 1등을 하셨는데 느낌이 어떻습니까?

1등 : 어 어⋯.

중계차 : 아, 안타깝습니다. 우리 영웅은 방사능에 피폭이 너무 되어 골인한 뒤, 숨을 헐떡이다 죽음을 맞이했습니다.

1등 선수 가족 : 이 씨클, 사람이 죽어 가는데 1등 느낌⋯ 이 씨클, 너도 방사능으로 죽으면 어떤 느낌인지 알 거다. 너 이리 와봐. (중계차 기자 주춤주춤 뒤로 물러선다.)

중계차 : 이거 분위기가 안 좋은데요. 물론 죽었기에 명복은 빌어야겠지만, 식구들은 자기 식구가 영웅이 된 것에 긍지를 가져야 할 텐데요. 어쨌든 1등한 일본 선수에게 금메달과 엄청난 상금과 죽음이 주어졌습니다. 말하는 도중 2등이 들어왔습니다. 이번에는 제대로 느낌을 물어보겠습니다.

음⋯, 2등 선수도 방사능 피폭으로 골인하자마자 죽음을 맞이했습니다. 아무래도 다음 선수는 골인하기 전에 이야기를 나눠봐야겠습니다.

(중계차 기자가 저쪽에서 3등으로 거의 기듯이 들어오고 있는 선

수에게 뛰어 다가간다.)

안녕하십니까? 저 앞에 결승점이 보입니다. 골인하시면 3등입니다. 1, 2등을 놓쳤지만 전 세계에서 3등도 대단합니다. 3등 느낌이 어떻습니까?

03122011번 선수 : 3… 3등 느… 끼…임…? 이 쓰 끼, 저 기 결승 점에 다으면… 나 나는 죽 는 다. 나… 나는 3등 하… 고 싶 어 서 된 게 아 니 다. 해… 에 핵발전소가 싸 고 안 전 하고 깨 끗 하고 방사능이 자 연 상 태 에도 다 있다고 하고, 음 음식 방 사 능은 기… 준… 치… 아 래 면 아 안… 전… 하다하여, 다 알아 서 해 주겠 지 싶어 바 방사 능… 신경 안 썼다. 아 아무 생각 없 이 일…일본산 명… 태, 고… 등 어, 대 대… 구, 과…아… 자 이 거 저 거 가리지 않고 먹 고 일 일 보 온 여 행도 다니 고, 이… 일 일본 무 울 건을 즐겨 쓰 다보니 이 렇게 됐 다. 이 이제 야… 아 바… 방… 사… 능… 이 뭔 지 좀 알 거 같 다. 방사능이 먼 지, 해 핵 발 전 소가 머 뭔 지, 바… 방 사 능 에 피… 폭… 되 면 어 떻게 대 는지 지 진 작 알았다 면 이 이 렇… 게 되지 않 았 을 텐데. 3 등, 내 내가 살아 야 3등 한 기 쁨 을 느 낄 수 잇 다. 그 그런데 고 골 인하 면 나 나 나는 1등 을 위해 산 것이 아 니 라… 그… 그 저 식구들이 라 앙 밥 같 이 머 머 먹으며… 오 오 손 도 손 즐겁기 를 원 했 다. 지금 이 이게 무 슨 꼴 인 가. 내 내가 죽 은 뒤에 가…같은 밥 상 에서 밥을 먹은 내 어… 어린 딸과 아… 아 들도 제대 로 커 지 도 못하고 나처 럼 죽으면 어 쩌… 어 어

173

른 보다 아 아 … 이 … 들에게 방사 능이 더 위험한데… 어린 자 식들에게 아무 생 각 없 이 방사능에 오염된 음식을 먹 였 으 니… 어… 어 어처 구니 가 없… 나 나 나는 살 자 격 이… 아이 들이 눈에 밟히고 아내가 기 가 막히는데 주 주 죽… 내가 좀 비 여엇… 주… 주 거 도 노 칠 수 없는 식구 들 에게… 마 마지 막 으 로 남 긴 다. 제… 제… 제… 발… 시… 신… 문… 바… 바… 바… 안 … 송… 저… 응… 치… 이… 인 자… 아 … 보… 온 … 가 … 미… 믿 … 지… 마 … 아…

("아빠", "아빠" 그의 아들, 딸이 달라붙어 앙앙 하늘이 터지도 록 운다.)

　　중계차 : 아버지 잃은 아이들을 보니 눈물이 나려 합니다. 우 리 영웅에게 명복을 빕니다.

　　　　　　　　＊＊＊＊＊＊＊

　　해설가 : 전에 1등 하던 미국 선수는 어떻게 뛰고 있는지 궁 금합니다.

　　아나운서 : 처음에는 선두 그룹에 있었는데 지금은 선두 그 룹에 보이질 않습니다. 중위권에 있는지 한번 보겠습니다. 어, 중 위권에 있습니다. 중계차를 불러 보겠습니다.

　　중계차 : 여기는 중계차입니다. 전에 1등 하던 미국 선수와 다 시 이야기를 나눠보겠습니다. 전에 1등 하시더니 지금은 중위권이

네요. 등수가 떨어졌으니 속이 좀 상하겠습니다? 우리는 당신이 세계 1위를 못하더라도 선두 그룹에 있을 줄 알았는데 어찌 된 일입니까?

　　시버트 : 나도 처음에는 1등이었죠. 그런데 어느 날 1등 하는 내 모습을 방송으로 본 여동생이 와서 체르노빌 사고 때 방사능에 피폭이 많이 되어 죽어가는 사람을 주마다 찍은 사진을 보여줬습니다. 충격이었습니다. 어휴, 죽어 가는 사람 모습이 공포영화에 나오는 가장 흉측한 괴물보다 더 흉측했어요. 피폭 당해 죽을병에 걸리면 고통이 끔찍해서 "살은 사람이 죽은 사람을 부러워한다"고 하던데. 내가 아무리 사형수지만 나도 사람입니다. 마지막은 깨끗하게 맺고 싶어요. 식구들에게 내 마지막 모습이 좋게 남기를 바래요. 그래야 죽은 뒤에도 편안해질 것 같아요. 도대체 누가 저렇게 죽고 싶겠어요. 어휴 끔찍해. 죽은 그에게 하늘의 복이 있기를….

　그 사진을 보고 난 뒤 방사능에 적게 오염된 음식을 먹으려고 음식을 유기농 채식으로 바꿨어요. 그리고 차분히 요가도 하고, 일본 음식 안 먹는 것은 물론 일본 물건도 전혀 안 쓰고요, 한국이 일본에서 수입하는 고철 같은 것을 방사능 검사도 제대로 하지 않고 많이 수입해서 한국 물건도 안 써요. 잘 때 머리맡에 두었던 형광 시계도 치워버렸어요. 내 죽을 때 마지막으로 담배 한 대 멋지게 피우고 죽으려고 했는데 담배마저 끊었어요. 죽을 때까지 담배를 안 피울 겁니다. 이렇게 하여 지금은 중위권인데, 죽기 전에

하위권에 드는 것이 마지막 소원이에요.

　　아나운서 : 시청자 질문이 들어왔습니다. 아나운서와 해설가는 방사능을 빨리 많이 먹는 방법에 대해서 잘 아니 선두그룹에 있지 않겠느냐는 질문입니다. 죄송하지만 저희는 하위권에 있습니다. 먹는 것도 폭발한 핵발전소와 멀리 떨어진 나라에서 농사지은 유기농 음식만 먹습니다. 왜냐면 우리도 방사능을 많이 먹어 1등을 하고 싶지만 우리가 골인하면 누가 모든 인류가 참가한 이 중요한 경기 방송을 하겠습니까? 그래서 우리는 방사능을 되도록 안 먹으려고 하고 있습니다.

　　해설가 : 예, 맞습니다. 우리가 피폭 덜 받으려는 것은 다 이렇게 인류를 위한 거룩한 마음에서입니다.

　　아나운서 : 어, 또 질문이 들어왔습니다. 우리 두 사람이 골인하여 죽으면 다른 사람이 이어서 하면 되지 않겠느냐고 하는데요?

　　해설가 : 이런 얍샵한 사람이 있을 줄 알았어요. 안 돼요. 안 돼. 좋지 않은 태도예요. 우려가 현실이 되어 나타났네요. 민주주의가 너무 많이 허용되니 이런 질문을 하는 겁니다. 구관이 명관이라고 이 경기 처음부터 방송했던 사람이 이 경기를 최고 잘 알기 때문에 누가 우리보다 더 방송을 잘하겠습니까?

　　아나운서 : 그런데 또 질문이……

　　해설가 : 당신 조국이 어디야? 긍정, 긍정, 긍정해. 사랑, 사

랑해, 사랑. 시키면 시키는 대로 하고. 가만히 있으라면 가만히 있고. 받아드려 그냥 받아드리란 말이야. 나 죽는 꼴 보고 싶어……. 아, 죄송합니다. 잠깐 제가 흥분했습니다.

저희들이 알려드리는 대로 하면 높은 등수에 들 수 있습니다. 경쟁에서 이기기도 힘든데, 왜 이런 것에 힘을 쓰세요. 우리가 시키는 대로 하면 얼마나 편합니까. 우리 시키는 대로 하지 않고 딴 거 좋은 거 없나 알아보려고 잔머리 굴리면 시간도 들고 힘도 더 듭니다. 우리는 서로 긍정하고 사랑해야 합니다. 시청자 여러분 사랑합니다.

저희들은 모시기 엄청나게 어려운 세계가 알아주는 석학도 한 분을 모셔, 여러분들이 높은 등수에 들기 위해서 알아야 할 것을 자꾸자꾸 알려드릴 계획입니다. 그러니 이런 쓸데없는 생각 할 시간이 있으면 빨리 골인할 생각을 하세요.

당신이 딴 생각하는 사이, 세계 여러 곳에 있는 경쟁자들은 당신을 앞지르고 있습니다. 세계는 넓고 방사능은 많습니다. 1, 2, 3등은 들어왔으나 나머지 등수가 남았습니다. 경쟁사회입니다. 세계화, 글로벌입니다. 빨리 들어오세요. 이것은 다 여러분들을 위해서 하는 말입니다.

아! 저기 4등이 들어오고 있습니다.

프랑켄슈타인 선언문
– 핵발전소

우리를 공포로 보는 신이 너무 많습니다
우리는 신을 위해 전기를 싸게 만들려고 해도
태양력, 풍력보다 신이 믿는 돈이 더 많이 듭니다

신이시여
우리는 우리를 만들어 달라고 하지 않았습니다
우리는 우리를 만든 신을 죽인 적도 있습니다
우리 둘레에는 죽음이 드리워져 있습니다

우리 때문에 많은 신들이 공포를 느끼고
떠는 모습을 보기 싫습니다
우리가 하는 일은 전기를 만드는 일인데
공포를 만드는 것 같습니다.

우리도 갓 태어난 신의 자식처럼 환영받고 싶습니다

그러나 우리는 태어날 때부터 가지고 있습니다
신들이 극도로 거리를 두고 싶어하는 방사능 말입니다

우리는 수년 동안 회의를 했습니다

그리고

결론을 내렸습니다

우리를 죽여주세요

우리는 창조되지 말았어야 했습니다

덧붙임 – 핵폭탄도 우리와 뜻을 같이 했습니다

그날

　죽기 전에도 죽은 후에도 올 것 같지 않았던 그날이 왔습니다. 우리 모두 심장을 조이며 공포에 짓눌리며 기다리고 기다렸던 그날이 왔습니다. 손가락을 오그리고 목이 터져라 외쳤던 그날이 왔습니다.

　끝까지 버티던 신고리핵발전소를 멈추는 작업이 한 시간 뒤에 들어갑니다. 그러면 이제 세계 모든 핵발전소가 멈췄거나 멈추는 작업에 들어갑니다. 그야말로 세계탈핵입니다.

　이를 기념하기 위해서 울산, 부산 분들뿐만 아니라 전국에서 여러분들이 몰려온 것은 물론 가깝게는 일본, 대만, 중국 멀게는 인도, 프랑스, 미국, 이란, 영국, 칠레, 남아프리카공화국에서 탈핵을 외쳤던 분들도 여기 신고리핵발전소 앞마당에 모였습니다.

　저도 떨려서 목소리가 흔들립니다. 여기는 완전히 잔치 분위기입니다. 모든 인류의 잔치입니다. 마치 꿈같습니다. 저 앞에서는 평생 탈핵 운동을 하고 있는 김복자 씨가 하늘이 흔들리도록 환호를 지르고 있습니다. 마당 복판에서는 여러분들이 사물놀이에 맞

180

춰 어깨와 온몸을 들썩이며 흥겹게 춤을 추고 있습니다. 저 옆쪽에서는 핵발전소 송전탑 때문에 가족을 잃고 재산을 잃은 반송전 씨를 비롯한 여러 가족들이 눈물을 흘리고 있습니다. 이런 날 울고 웃지 않고 어떻게 보낼 수 있겠습니까?

저기 복돌이도 꼬리를 흔들면서 뛰며 밝게 알알 짖고 있군요. 어떻게 강아지라고 안 즐겁겠습니다. 소나무도 훨씬 더 푸릅니다. 혹시 발아래 민들레가 있으면 물어보세요. 민들레도 기쁜 향기를 뿌려줄 겁니다.

모든 지구 사람들이 즐거워하고 개, 고양이, 개미, 잠자리도 기뻐하고 소나무, 민들레도 좋아하는 탈핵을 왜 여태껏 하지 않고 뭉그적거리며 방사능에 피폭 당하고 살았는지 모르겠습니다. 노을 진 저 하늘을 보세요. 노을 진 하늘마저도 더 붉습니다.

어, 붉게 노을진 하늘에 뭔가 흐릿흐릿 뿌연 것이 하늘을 메우며 자꾸자꾸 다가옵니다. 뭐죠? 헉, 귀신입니다. 이 좋은 날, 이 무슨 일이죠? 잠깐, 잠깐만요. 아, 가만히 보니 보통 귀신들이 아닙니다. 핵발전소 둘레에 살아서 방사능에 피폭되어 병들어 죽은 귀신, 핵발전소 송전탑 때문에 죽은 귀신, 체르노빌, 후쿠시마 핵발전소 폭발로 죽은 귀신, 핵폭탄 폭발로 죽은 귀신, 핵폭탄 실험으로 죽은 귀신, 우라늄 광산에서 죽은 귀신, 핵쓰레기장 때문에 죽은 귀신입니다. 놀랍습니다. 저들은 억울해서 구천을 떠돌고 있다가 여기 온 것 같습니다. 우리는 저들을 잊어서는 안 됩니다. 오늘 우리가 세계탈핵을 맞게 된 것이 살은 사람 힘만으로 된 것이 아닌 것 같습니다.

이 자리에 오고 싶지만 못 오신 분을 위해서 세계 중요 인터넷 방송과 텔레비전 방송으로 생방송 중입니다. 이 자리에 벌어지고 있는 굉장한 현상을 방송으로 보고 마을 사람들뿐만 아니라 이웃 마을과 근처 도시에 있는 분들이 몰려오는 통에 신고리핵발전소 앞 도로가 점점 막히고 있다고 합니다. 주최 측에서는 많은 사람들이 잔치에 참여할 수 있도록 최대한 노력하겠다고 합니다. 아, 저쪽에서는 "아버지" "어머니" 부르짖으며 죽은 식구에게 달려가고 있습니다. 눈물이 사정없이 뿌려집니다. 지금 이곳은 삶과 죽음이 만나는 온 지구 잔치입니다.

그러나 우리 탈핵 운동은 끝나지 않았습니다. 지구 곳곳에 있는 핵발전소 시체는 위험한 고준위 핵쓰레기입니다. 핵발전소 해체는 위험하면서도 수십 년이 걸립니다. 우리 인류는 여태껏 어찌할 수 없어 쌓아놓은 극도로 위험한 핵쓰레기를 사람에게 해롭지 않게 만드는 기술을 개발하지 못했습니다. 여기에다 이런 핵쓰레기를 안전하게 보관할 시설물을 전혀 만들지 못하고 있습니다. 핵쓰레기는 자손 대대로 영원히 물려줄 수 없는 극도로 위험한 위험물입니다.

핵쓰레기 처리문제를 푸는 것은 아주 어려운 문제입니다. 하늘만큼 땅만큼 어려운 것 같습니다. 어떤 사람은 "불가능하다" 합니다. 하지만 문제가 있다는 것은 답이 있다는 말입니다. 오늘 우리가 모든 핵발전소를 멈추게 한 것처럼 하루빨리 핵쓰레기를 사람에게 해가 없도록 하는 기술을 개발해야 합니다. 그리고 이것이 다가 아닙니다.

피폭으로 생긴 기형아, 기형동물, 기형식물 문제, 방사능병 치료 문제, 하늘에 퍼져있고, 땅에 깔린 방사능을 없애는 문제도 있습니다.
우리 모두 계속 마음을 모아
문제를 하나하나 풀어가면
그날이 오늘 온 것처럼
언젠가 그날도 옵니다.

4부　　할 말이 있다

할 말이 있다*
– 허균과 정약용의 이야기

– 폭력스런 너무나 폭력스런 –

바람이 나긋나긋 불고 풀벌레 소리가 아늑하게 깔리는 정자에 허균과 정약용이 술상 앞에 마주앉아 있다.

허균 : 시원한 막걸리, 김치, 파전에다 정다운 벗까지 있으니 세상이 다 훤하이.

정약용 : 저도 허균 어른, 울산 시내, 울산 앞바다가 훤히 보이는 문수산 위에 앉으니 숨통이 확 트입니다.

허균 : 이번에도 자네는 반 잔만 마실 텐가?

정약용 : 그럼요.

허균 : 그럼, 내 잔은 빌 때마다 잘 채워주게? ㅎㅎㅎ

정약용 : 여부가 있겠습니까?

허균 : 몇 년 전에 후쿠시마 핵발전소가 폭발하여 방사능 피폭으로 일본, 우리나라뿐만 아니라 온 세계가 난리네. 수많은 일본 사람들이 어떻게든 이 재앙을 처리하려 하네. 하지만 터진 후

---

* 허균이 죽음을 당하기 전에 남긴 말

쿠시마 핵발전소는 방사능을 머리가 아프도록 어마어마하게 많은 양을 밤낮으로 내보내며 방사능 공포에 떨고 있는 지구를 계속 위협하고 있네.

이렇게 핵발전소가 위험한데 울산이 핵발전소 밀집도에서 세계 최고래서 걱정이 백두산일세. 울산에는 내가 이 세상을 버린 뒤 조용히 들어온 일가친척이 있었네. 그래서 지금도 그 후손들이 울산에 살고 있는데 다들 잘살고 있는지 원……

정약용 : 울산은 저희 아버지가 한때 목민관으로 오셔서 다스리기도 했던 고장입니다. 이 때문에 저도 울산에서 친구를 사귀며 지낸 적이 있습니다. 당시 울산은 산이 울울하고 태화강물이 맑고 염포가 있어 활달했습니다. 지금은 염포가 사라지고 없습니다. 하지만 공업단지로 사람이 더 많아져서 활달은 한데 공장공해에다 너무 많은 핵발전소 때문에 방사능오염과 핵발전소 폭발위험으로 굉장히 심각해졌습니다.

허균 : 소련에 있었던 체르노빌에서 핵발전소 1기만 터졌는데도 온 유럽은 물론 중국, 아랍, 우리나라, 일본 비롯해서 지구에 있는 많은 나라를 위협을 하고 있소. 핵발전소 1기 폭발 사고가 지구를 위협을 하고 있소. 체르노빌 핵발전소가 터진 지 5년 뒤에는 그 크고 막강했던 소련이 망했소. 고르바초프는 소련이 망한 이유가 체르노빌 때문이라고 했지.

지금도 체르노빌은 사람이 살수 없는 죽음의 땅이오. 체르노빌 핵발전소가 폭발한 지 20여 년이 지났지만, 체르노빌 핵발전소 방사능 공포는 끝나지 않았소. 왜냐면 방사능은 영원하기 때문이오. 이렇게 위험한 것이 핵발전소인데 우리나라는 핵발전소 밀집도에서 세계 최고네. 여기에다 지역으로 보면 울산이 또 핵발전소 밀집도에서 세계 최고네. 이래서 어떤 때는 걱정이 되어 잠이 잘 오지 않네.

핵발전소는 서양에서 들어온 것이오. 우리 후손은 조선시대 이후로 서양 사대주의에 휩쓸려 우리 것은 무시하고 정신없이 서양을 따르다가 결국 위기를 맞았네 그려. 우리뿐만 아니라 아시아, 아프리카, 중앙아메리카, 남아메리카에 있는 다른 많은 나라도 서양에 이끌려 살고 있네. 인류는 서양식으로 살다가 결국 핵 때문에 몰살당할 위기를 맞았네. 오늘은 우리 후손을 위해서, 우리 인류를 위해서 지금 상황을 있는 그대로 이야기 한번 나눠보세.

정약용 : 허균 어른을 뵈면 꼭 나눠보고 싶었던 이야기입니다.

허균 : 그렇지.

정약용 : 이보다 더 급한 이야기가 있겠습니까? 아주 급해졌습니다. 하지만 실을 바늘허리에 매어 쓰지 못하니 하나하나 살펴보겠습니다.

먼저 후쿠시마 핵발전소가 터진 일본을 보겠습니다.

18세기 유럽에서 산업혁명일 일어난 뒤에 돈 망령이 어두운 날개를 펼쳐 온 세계를 덮치자, 온 세계가 식민지 어둠 속에서 끝없는 고통을 당했습니다. 아시아, 아프리카, 중앙아메리카, 남아메리카는 1차 대전, 2차 대전, 한국전쟁, 베트남전쟁, 아랍전쟁, 이라크 전쟁 따위를 겪으며 오늘날까지 서양을 따라가느라 가랑이가 찢어지고 있습니다. 물론 폭력스런 서양이 가만히 있지 않으니 따라가지도 못하고 있죠. 일본은 허균 어른도 가족을 잃게 한 임진왜란을 우리나라에서 일으킨 뒤에 서양 폭력을 어찌어찌 배워, 폭력 서양에게 배운 폭력을 그대로 우리나라에 써먹어 폭력으로 식민지배를 했습니다.

허균 : 임진왜란 때, 아내와 갓난아기를 잃은 것을 생각하면 가슴이 쓰리오. 그 뒤, 왜놈들이 우리나라를 식민지로 만들어 괴롭힐 때는 얼마나 많은 후손들이 괴롭힘을 당했나. 그 뒤, 다행히 2차 대전에서 왜놈들이 져서 물러났으나 남한에는 미군이, 북한에는 소련군이 들어와서 나라가 두 동강이 나버렸지.

유럽에서는 침략국인 독일이 두 동강이 나고 히틀러가 죽었지만, 아시아에서는 침략국 일본은 땅도 그대로고 히로히토도 죽지 않았네. 그런데 침략당한 우리나라가 두 동강이 나버리고 김구가 죽는 어처구니없는 일이 일어났네. 그리고 기가 막히는 한국전쟁이 터져 버렸지. 한국전쟁으로 같은 민족끼리 죽이고 또 죽이고도 모자랐는지 미국 군대와 중국 군대도 와서 온갖 무기를 퍼 부며 죽이는 데 힘을 보탰는데도 끝을 맺지 못하고 전쟁 치르기 전처럼 38선에서 계속 두 동강으로 딱 끊어져 전쟁을 멈춘, 정전이 아닌 전쟁을 쉬고 있는 휴전 상태네.

양쪽이 낙동강으로 내려왔다가 다시 압록강으로 올라갔다가 다시 내려와서 평양을 찾는 가운데 "북한 편들었느냐?" "남한 편들었느냐?"며 학살당한 민간인은 얼마나 처참했나.

지금은 최고 공산국가 소련이 망한 지도 꽤 되었네. 세계는 공산주의, 자본주의로 나눠서 싸웠던 냉전시대가 끝나버렸지. 하지만 쓰레기 냉전시대가 남겨놓은 남북분단은 통일되지 않아 지금도 우리는 남북으로 갈려서 목숨을 놓고 싸우고 있네. 늙어서 자꾸 죽어 가는데 이산가족들은 다 만나지도 못했지. 남한에서는 친일파들이 얼마나 큰소리치며 사나? 그리고 독재 또 독재, 도덕을 무시한 돈 벌 기, 제 국 주 의, 세 계 화, 무 한 경 쟁…….

일제강점기 하나만 해도 분통하고 원통한데 우리나라는 100년 동안 이렇게 많은 일을 겪고 있으니 땅을 치고 하늘을 향해 통곡을 해도 원한이 풀리지 않네. 세계 어떤 나라도 겪지 않은, 가슴이 터져도 화가 가라앉지 않는 일을 계속 당하고 있으니 어떤 나라에서도 잘 볼 수 없는 화병에 걸리는 사람이 많지.

일본 제국주의자들이 우리나라를 식민지로 만들지 않았다면 한국전쟁도 일어나지 않았고 남북으로 갈라지지도 않았을 텐데.

정약용 : 저도 후손들에게 일어난 일을 보면 어처구니가 없습니다. 왜놈 제국주의 식민지와 한국전쟁, 남북분단은 아무리 피눈물을 흘려도 모자랄 비참한 일입니다. 이렇게 비참한 일은 우리 역사에 없었습니다. 그렇지만 우리나라는 아직도 통일될 조짐이 잘 보이지 않습니다. 이 맑은 하늘 아래서 무슨 일이 일어나고 있는지…, 다시 하던 이야기로 돌아가겠습니다.

일본이 19세기 말부터 20세기 초까지 동양 나라로서 폭력스런 서양을 배워 엄청나게 성공했습니다. 이렇게 되자, 여러 동양 나라들은 일본을 부러워하며 일본을 배웠습니다. 서양마저도 일본을 배웠습니다. 그러다가 일본은 2차 대전 때 서양이 만든 인류 최대의 대량 살상무기인 핵폭탄을 미국에 두 번 맞아 무너졌습니다. 하지만 한국전쟁과 베트남전쟁으로 다시 살아나서 선진국으로 우뚝 서게 되었습니다. 그렇게 잘 살다가 몇 년 전에 서양에서 들어온 핵발전소가 후쿠시마에서 잇달아 4기나 폭발하였습니다. 일본은 사람, 물, 공기, 음식, 땅, 바다가 방사능에 오염되어 "터진 핵발전소에서 나오는 방사능을 막아야 한다" "다른 나라로 피난 가자" "이제 일본은 방사능에 오염된 음식을 먹을 수밖에 없다" "후쿠시마 사람들은 어떻게 사나?" "피폭되어 병든 사람을 어떻게 치료하나?" "모든 핵발전소를 멈춰야 한다" "탈핵 시위를 하자" "계속 일본에서 사람이 살 수 있는가?" "나라를 다른 곳으로 옮겨야 되지 않나?"라며 이리저리 기겁하여 정신이 나가서 어쩔 줄을 모르며 조용한 공포에 둘러싸여 살고 있습니다.

이 인류의 비극은 우리에게 일본처럼 동양 사람이 동양을 버리고 무작정 폭력 서양을 따라가면 결국 어떻게 되는지 보여주고 있습니다. 모든 인류에게 서양식으로 살다가는 모든 인류가 멸망할 수 있음을 보여주고 있습니다. 우리 후손은 정신을 차려 무조건 서양을 따라가지 말아야 할 텐데요.

허균 : 그래, 자네 말이 백번 맞네. 지금 우리 인류가 해야 할

일이 한두 가지가 아니네. 그런데 자네는 그동안 손에서 책을 놓지 않은 모양이지?

정약용 : 하루라도 책을 안 잡으면 손이 서운해합니다. 소문을 듣자하니, 허균 어른도 글공부를 살아있을 때 못지 않게 하신다던데요.

허균 : 하, 그 소문 한번 빠르네. 그럼 나도 여태껏 공부한 것을 좀 풀어보겠네.

폭력스런 너무나 폭력스런 서양은 갖은 노력을 해서 드디어 현대에 와서, 인류의 최고 폭력인 핵폭탄과 핵발전소를 만들었소. 그럼 서양이 그저 과학만 발달하여 핵폭탄과 핵발전소를 만들었겠소? 서양폭력은 역사를 거슬러 올라가 신화에까지 닿아 있네.

서양에는 서양 문화의 뿌리가 되는 고대 그리스가 있소. 고대 그리스 중심에는 제우스교가 있지 않소. 제우스교의 최고 신은 잘 알고 있듯이 제우스네. 이 점은 제우스교의 최고 경전인 [일리아스]를 보면 잘 나와 있소. [일리아스]에서 제우스 밖에 다른 신은 제우스가 이래라 하면 이러고 저래라 하면 저러는 신이오. 제우스 말고 다른 신은 그저 들러리요. 사람은 신이 두는 장기판의 차·포·졸 밖에 안되오.

여기에다 제우스교의 최고 신, 제우스 집안을 보면 기가 막히오. 제우스 아버지는 권력을 차지하기 위해서 제우스 할아버지 꼬치를 잘라 제우스 할아버지를 몰아냈소. 그 뒤, 제우스 아버지는 자기 권력을 지키기 위해서 자식을 잡아먹었소. 그것도 하나둘이 아니고 자식이 태어나는 족족 헤스티아, 데메테르, 헤라, 하데스, 포세이돈까지 잡아먹었소. 신이 사람 모습과 같아서 이 장면을 그린 고야 그림, '아들을 잡아먹는 사투르누스'를 보면 식인 모습이오. 끔찍하오. 아버지가 자식을 그냥 죽이는 것도 아니고 입 벌려 잡아먹다니. 어허. 그리하여 제우스는 아버지 배 속에 있는 형과 누나들을 아버지가 토하게 한 뒤 아버지와 전쟁을 쳐서 아버지 권력을 뺏었다오. 자식과 아비가 전쟁을 치다니. 이거 완전히 콩가루 집안이오. 제우스 사생활을 보면 제우스는 이오, 다나에, 네메시스를 비롯한 여러 여자를 범했소. 이렇게 제우스교는 최고 중요한 신, 제우스와 제우스 집안부터 끔찍하고 부모 자식 사이에 위아래도 없고, 도덕을 무시하며 폭력의 모범을 보여주는 폭력스런 너무나 폭력스런 종교요. 물론 여러 종교 경전을 보면 얄궂은 이야기가 가끔 나오지만 그 종교에서 가장 중요한 신과 신의 집안이 이만큼 얄궂게 나오는 종교를 나는 본적이 없소. 신에게 신성한 모습은 찾을 수 없고 그저 힘세고 폭력을 무작정 써서 야만스럽소.

제우스교의 최고 신, 제우스와 제우스 집안이 이러니 [일리아스], [오뒷세이아], [그리스 비극], [변신이야기]같은 제우스교 다른 경전을 봐도 제우스처럼 마르스, 아폴론 같은 다른 신도 여자를 범했고 트로이 전쟁을 일으켰고 사람도 신을 본받아서 탄탈로스처럼 자기 자식을 잡아 음식으로 만든다든지, 헤라클레스처럼 자기 자식을 죽인다든지. 혹은 아가멤논처럼 자기 친딸을 산 제물로 죽이니, 딸 죽음에 엄마는 가슴에 원한이 사무쳐 남편인 아가멤논을 죽이고, 그 엄마를 자식이 또 죽이는 이런 이야기를 제우스교 경전 여기저기에서 볼 수 있소.

신 이야기는 그 신을 따르는 사람들의 무의식을 보여주오. 그래서 제우스교만 봐도 서양이 고대부터 폭력이 얼마나 삶 깊숙이 설쳐댔는 지 알 수 있소. 지금도 서양이 폭력스런 [일리아스], [오뒷세이아], [그리스 비극], [변신이야기], [아이네이스]같은 제우스교 경전을 중요하게 여기며 즐겨 읽으니 우리에게 지금 서양 상태가 어떤지 보여주고 있네. 오늘날 우리 후손들이 이런 서양사람들에게 기가 눌려 서양을 따르는 모습을 보면 여러 가지로 걱정이 되오.

고대 그리스 도시국가는 이런 폭력 제우스교를 믿었소. 제우스교만 봐도 고대 그리스 도시 국가가 어떤 곳인지 알 수 있네. 고대 그리스 사람은 전쟁을 할 때도 델포이 신전에 가서 제우스교 신에게 물어보고 신이 "좋다"고 해야 전쟁을 쳤소. 전쟁을 치다가 제우스교 신을 찬양하는 올림픽이나 디오니소스 제전같은 제우스교 행사가 있으면 죄인 사형도 미뤘고 치던 전쟁마저도 미뤘지. 고대 그리스 사람은 해를 신성한 신으로 보았는데 철학자 아낙사고라스가 "해는 불덩어리다." 고하니 신을 모독했다며 무신론자로 몰아 고발을 했소. 소크라테스가 유명하게 만든 화두 "너 자신을 알라"도 제우스교 신인 아폴론 신을 위해 지은 델포이 신전에 새겨져 있던 글이었네. 이렇게 고대 그리스 사람은 폭력 종교, 제우스교를 마음을 다해 믿었소. 한 나라의 가치관이나 상태를 가장 잘 보여주는 것이 그 나라 종교요. 그래서 이것만 봐도 서양문화의 뿌리인 고대 그리스 도시국가가 굉장한 폭력 국가였음을 알 수 있소.

고대 그리스 여러 도시국가 중에 가장 손꼽히는 도시국가가 아테네와 스파르타요. 스파르타는 잘 알고 있듯이 고대 그리스 도시국가 중에서 가장 폭력이 심했던 군대 전체주의 국가였소. 그럼 민주주의로 유명한 아테네는 평화로웠냐? 안타깝게도 아니오. 아테네마저도 폭력 제우스교가 가르쳐준 그대로 폭력을 썼던 폭력 제국주의 국가였소.

"고대 그리스로 돌아가자"는 서양의 르네상스는 결국 폭력으로 돌아가자는 말이었소. 그리하여 결국 르네상스가 성공했다는 말은 서양에서 폭력이 더 발전됐다는 말이오.

르네상스 이후, 유럽에서 산업혁명이 성공했소. 이것을 다른 말로 하면 유럽이 아시아, 아프리카, 아메리카에 폭력을 행사할 수 있는 기계를 제대로 갖추게 되었다는 말이네. 아시아, 아프리카, 아메리카에서는 기절초풍할 일이 저 멀리 다른 대륙에서 벌어진 것이오. 유럽에서 르네상스, 산업혁명이 이루어졌을 때 아시아, 아프리카, 아메리카 사람들은 앞으로 자신들이 당할 무시무시한 유럽의 폭력에 대해서 하나도 몰랐다오. 바람결에 흔들리는 들꽃에 가슴이 설렜고 파란 하늘이 그렇게 편하게 보였겠지.

정약용 : 그것이 그랬군요. 허균 어른께서 서양을 좋게 보이도록 쳐두었던 왜곡된 포장을 벗겨내어 서양 본래 모습을 제대로 보여 주시네요. 그런데 사람들이 우리 이야기를 들으면 서양뿐만 아니라 동양에도 폭력이 있지 않았냐고 할 것 같은데요.

허균 : 물론 동양에도 옛날부터 폭력을 상징하는 군대가 있었고 그 군대로 방어뿐만 아니라 침공도 했네. 그러나 인류 역사 전체를 놓고 보면 동양은 서양처럼 1차 세계대전, 2차 세계대전 같은 엄청나게 큰 폭력을 쓴 적이 없네.

내가 제우스교 경전 [일리아스]로 서양 폭력을 좀 이야기했으니, 서양의 [일리아스]와 동양의 [마하바라따]를 견주어 보세. 제우스교를 대표하는 경전이 [일리아스]이듯이 힌두교를 대표하는 경전이 [마하바라따]네.

[일리아스]는 고대 그리스 전체에 영향을 주었고 지금도 서양 전체에 영향을 주고 있는 제우스교 경전이네. 하지만 [마하바라따]는 동양 전체에 영향을 주고 있지는 않네. 하지만 이 고대 힌두교 경전은 넓은 인도뿐만 아니라 스리랑카, 방글라데시, 미얀마, 태국, 캄보디아, 인도네시아까지 영향을 주고 있네. [마하바라따]가 넓게 영향을 주고 전쟁치는 이야기가 많이 나오니 동양 경전 중에서 [일리아스]와 견주기에는 [마하바라따]만한 것이 없네. 그런데 막상 [일리아스]와 [마하바라따], 이 두 경전을 놓고 보면 너무나 다르네. [일리아스]는 정말 처음부터 끝까지 전쟁터에서 적을 죽이겠다는 불타는 한마음으로 살벌하게 전쟁치는 이야기요. 운동경기를 해도 전쟁을 잘 치기 위해서 했소. [일리아스]는 고대 그리스가 물려준 책 중에 가장 심한 폭력물이지. 이와 다르게 [마하바라따]는 전쟁터에서 전쟁도 치지만, 고향으로 돌아와서 숨을 고르기도 하고 깊은 산 속에 들어가서 이 전쟁이 왜 일어났으며, 전쟁 고

통을 어떻게 해야 하는지, 명상수행, 요가수행으로 이 고통에서 벗어나는 길을 찾소.

제우스교 경전을 보면 신이 짐승으로 변신하는 모습을 볼 수 있소. 힌두교 경전에서도 변신하는 모습을 볼 수 있소. 그런데 이 변신 이야기도 서양의 제우스교와 동양의 힌두교는 분위기가 너무 다르오.

제우스교 최고의 신, 제우스는 소로 변신해서 이오를 납치해서 범했소. 이것으로 만족 못 해서 제우스는 백조로 변신해서 또 다른 여자를 건드리오. 그리고 또… 그런데 힌두교 경전에 나오는 이야기를 하나 하자면, 한 사냥꾼이 사냥을 하러 산에 갔소. 사냥감을 이리저리 쫓다 보니 깊은 산 속으로 들어가게 되었네. 이러고도 토끼 한 마리 못 잡은 터라 눈에 불을 켜고 사냥감을 찾던 차에 햇볕을 받아 빛나는 나뭇잎 사이로 별 경계를 하지 않는 어여쁜 사슴이 보여서 당장 화살을 시위에 메겨, 쏘아, 잡아, 짊어지고 기분 좋게 돌아오는데, 마침 산속에 집 한 채가 보였고, 다가가니 볕 좋은 마당에 할머니가 있어 인심 좋게 자기가 잡은 사슴을 요리해서 같이 먹자고 말을 하고 있는데, 할머니가 죽은 사슴을 보자 얼굴이 하얗게 질리면서 "왜 사슴을 죽였느냐?"고 풀쩍 뛰며 불같이 화를 냈소. 사냥꾼은 "사냥꾼이 사냥감이 보여 잡았는데 잘못된 것이 뭐가 있나요?"라고 했소. 할머니가 길길이 날뛰며 이렇게 말했소. "이 죽일 놈아! 이 사슴은 사슴으로 변한 내 아들이야."

이런 이야기를 들으면 여태껏 들은 이야기 중에서 사람이 사슴뿐만 아니라 토끼, 개구리, 나무로도 변신하기 때문에 밖에 나가서 여러 생명을 함부로 대할 수 없게 되오.

정약용 : 확실히 서양과 동양은 많이 다르군요. 그러고 보니 종교경전뿐만 아니라 역사책 또한 많이 다릅니다. 서양 고대 그리스에서 나온 역사책으로 유명한 것이 헤로도토스가 쓴 [역사]와 투키디데스가 쓴 [펠로폰네소스 전쟁사]입니다. 이것에 견줄만한 동양 역사책이 사마천이 쓴 [사기]입니다. [역사]와 [펠로폰네소스 전쟁사]는 거의 다 전쟁 이야기로 폭력물입니다. 하지만 [사기] 속에는 여러 사람 이야기를 모은 「열전」 뿐만 아니라 「본기」, 「표」, 「서」, 「세가」로 중국의 제도, 정치, 철학, 천문학, 문화들을 이야기하여 최소한 폭력물은 아닙니다.

허균 : 그렇지. 그래.

– 고대 그리스 비극 –

정약용 : 고대 그리스 이야기를 하다 보니, 고대 그리스 하면 빼놓을 수 없는, 니체도 [비극의 탄생]으로 이야기한 저 유명한 그리스 비극이 떠오릅니다. 이번에는 그리스 비극의 폭력에 대해서 세게 이야기해 보렵니다.

허균 : 그리스 비극은 나도 관심이 많으오. 다른 누구도 아닌 자네가 그냥도 아니고 '세게' 이야기한다고 하니 기대가 잔뜩 되네. 어디 들어보세.

정약용 : 허균 어른께서 말했듯이 제우스교는 폭력 종교입니다. 그리스 비극도 제우스교 경전입니다. 그래서 그런지 그리스 비극도 폭력극입니다.

현대까지 전해진 고대 유명한 그리스 비극은 여러 편이 있습니다. 아리스토텔레스는 이 중에 [오이디푸스 왕]이 최고라고 했습니다. 제가 [오이디푸스 왕]을 다른 그리스 비극과 견주어봐도 [오이디푸스 왕]은 닭 무리 속의 학입니다. 그렇지만 가만히 보면 [오이디푸스 왕]은 문제가 많은 비극입니다.

제우스교의 경전이자 그리스 최고 비극, [오이디푸스 왕] 줄거리가 뭔가요? 물론 모르고 했지만, 오이디푸스는 아버지를 죽입니다. 제우스 아버지는 제우스 할아버지 꼬치를 잘라 몰아내어 권력을 차지했습니다. 제우스는 자기 아버지와 싸워 아버지를 쫓아내어 권력을 차지했습니다. 콩가루 제우스 집안은 그래도 자식이 아버지를 죽이지는 않고 권력을 차지했습니다. 그런데 오이디푸스로 오면 아들이 아버지를 죽이고 권력을 차지합니다. 이렇게 제우스교는 가면 갈수록 폭력이 심각해집니다. 이것도 모자라, 오이디푸스왕은 친엄마와 살을 섞어 자식을 여럿 낳습니다. 아버지에게는 몸 폭력을, 어머니에게는 마음 폭력을 썼습니다. 물론 오이디푸스는 친엄마인 줄 모르고 한 짓이지만 이거 도덕이 완전히 땅에 떨어진 일입니다. 막장 드라마도 이런 막장 드라마가 없습니다. 우리 같으면 남사스럽고 상스러워 숨길 이야기를 고대 그리스인은 국가 종교행사로 그 넓디넓은 디오니소스 극장에 사람을 가득 채워놓고

이 폭력 비극을 열었습니다. 폭력을 아주 좋아하지 않고서 어찌 이럴 수 있었겠습니까?

[오이디푸스 왕]은 고대 그리스 비극 가운데 가장 잘 만들어진 비극이면서 가장 심한 폭력비극입니다. 그럼 왜 고대 그리스 사람은 가장 심한 폭력비극을 가장 멋지게 만들었을까요? 서양문화의 뿌리인 고대 그리스 사람이 폭력을 좋아했기 때문에 가장 심한 폭력비극을 가장 좋게 만들었다고 봅니다.

현대에 와서 서양 심리학자 프로이드가 오이디푸스 콤플렉스란 말을 만들어 유명한 오이디푸스를 더 유명하게 만들었습니다. 여러 서양 사람들이 오이디푸스 콤플렉스는 억지스럽다고 비판도 하지만 오이디푸스 콤플렉스란 말을 이곳저곳에서 쓰는 것을 보면 지금 서양사람들이 폭력을 대하는 자세를 엿볼 수 있습니다.

허균 : 그렇지 그래.

정약용 : 일본은 동양 나라 중에 서양을 받아드리는 것에 가장 성공한 나라인데 원인이 뭐였을까요?

허균 : 음….

정약용 : 제가 볼 때는 바깥 원인으로는 서양이 일본을 키워주었기 때문이고 안 원인으로는 일본도 서양처럼 폭력을 좋아했기 때문입니다. [겐지 이야기]는 일본이 자랑하는 일본 고전 소설입니다. 이 소설에 나오는 주인공 겐지는 일왕 아들입니다. 겐지는 친아버지가 살아있는데도 아버지 몰래 새엄마와 살을 섞어 자식을 낳았습니다. 이 부분은 은근히 오이디푸스를 떠오르게 합니다.

일본이 서양에게 일본을 알릴 때, [무사도]란 책으로 무사 생활과 무사의 할복자살을 널리 알렸습니다. 조선시대 때, 허균 어른이나 저를 보면 알 수 있듯이 우리나라는 책을 읽는 선비가 나라를 이끌었는데 이때 일본은 폭력을 쓰는 무사가 나라를 이끌었습니다. 그래서 일본은 자신을 서양에 알릴 때 무사를 보여주었습니다. 할복자살은 자신에 대한 폭력입니다. 무사는 무기를 차고 다니며 싸움이나 전쟁을 했던 폭력스런 사람이었습니다. 이러면 스파르타 사람이 떠오르지 않을 수 없습니다. 무사 자체가 스파르타 사람같이 폭력으로 똘똘 뭉쳐서 평생을 살았던 사람입니다. 무사를 보면 삶을 흔드는 지진과 태풍이 떠오릅니다. 무사가 지배했던 일본은 폭력에 익숙합니다. 일본이 폭력스런 서양 문물을 받아들일 때 폭력스런 무사들이 앞장서서 받아드렸습니다. 그래서 일본이 동양에 있는 어떤 나라보다도 더 폭력 서양 문화를 잘 받아드릴 수 있었습니다.

허균 : 듣고 보니 그렇게도 볼 수 있겠네.

정약용 : 폭력스런 제우스교의 또 다른 폭력스런 면을 보겠습니다. 여러 종교 경전을 보면 신을 높이려다 보니 사람을 낮추는 경향이 있습니다. 사람을 낮출수록 신은 더 높게 보이니까요. 이런 점에서 제우스교는 극단으로 갔습니다. [일리아스], [오이디푸스 왕]은 중요한 제우스교 경전입니다. 그런데 [일리아스]와 [오이디푸스 왕]은 제우스교 경전 중에 사람을 낮추는 것으로는 가장 극단으로 간 경전입니다.

[일리아스]를 읽다 보면 신은 모든 것을 다 알고 모든 것을 다 할 수 있게 보입니다. 신에게 마음을 다해 소원을 빌면 [일리아스]에 나오는 사람처럼 신이 신경을 써줘서 소원이 이뤄질 것 같아 신에게 빌고 싶은 마음이 힘껏 듭니다. 그러면서 한편으로 [일리아스]에 나오는 사람처럼 신이 가지고 노는 장난감 같아 [일리아스]를 던져버리고 싶어집니다.

이번에는 [오이디푸스 왕]을 보겠습니다. 오이디푸스는 튼튼한 몸을 가지고 있었습니다. 오이디푸스가 스핑크스 수수께끼를 푸는 것을 보면 머리도 좋았습니다. 여기에다 나라를 다스리는 자세도 정의로웠습니다. 왕은 그 나라에서 가장 뛰어난 사람을 상징합니다. 오이디푸스가 바로 테베 왕이었습니다. 이러면 오이디푸스는 한 나라에서 가장 뛰어난 사람을 상징합니다. 이런 오이디푸스가 아버지를 죽이고 어머니와 자식을 낳습니다. 결국 이 이야기는 이렇게 가장 뛰어난 사람조차 짐승보다 못한 짓을 했으니 다른 사람들은 안 봐도 얼마나 하찮겠습니까?

가장 사람을 하찮게 보는 제우스교 경전이 [일리아스]와 [오이디푸스 왕]이지만 [오뒷세이아], [변신 이야기]같은 다른 제우스교 경전도 이런 분위기를 계속 몰고 갑니다. 제우스교는 사람을 하찮게 보는 종교입니다. 부모는 자식을 귀하게 여기고 자식은 부모를 귀하게 대하고 사람들은 이웃을 귀하게 여기고 각 개인은 자신을 귀하게 여기도록 해야 제대로 된 종교 아니겠습니까? 서양 사람들이 떠받드는 서양문화의 뿌리가 이렇다는 것이 그저 놀랍기만 합니다.

서양 사람들이 그토록 찬양하고 자랑하는 그리스 문화가 사람을 하찮게 보게 합니다. 이렇게 사람을 하찮게 보는 전통이 쌓이고 쌓여서 1차 세계대전이나 2차 세계대전 같은 전쟁에서 수많은 사람을 개미 목숨처럼 죽이는 밑거름이 되었습니다. 서양은 잘못된 것이 있으면 고쳐야 할 텐데 그러지 못했습니다. 서양에서 이런 폭력 전통이 세월에 세월을 거듭하여 계속 쌓이고 쌓여서 결국 인류 최고의 폭력인 핵폭탄과 핵발전소를 만들게 되었습니다. 사람을 귀하게 여기면 어떻게 핵폭탄과 핵발전소를 만들 수 있겠습니까?

허균 : 그렇지.

– 스파르타는 거짓이다 –

허균 : 서양철학에서 아주 중요한 사람이 플라톤과 아리스토텔레스지. 아리스토텔레스가 [오이디푸스 왕]을 칭찬한 말을 들으니 플라톤이 스파르타를 칭찬한 말이 떠오르네. 스파르타 이야기를 한번 해보세.

정약용 : 고대 그리스 이야기에서 스파르타를 빼놓을 수 있겠습니까.

허균 : 스파르타란 도시국가는 어떤 도시국가였나? 먼저 스파르타에는 노예가 시민보다 훨씬 더 많았네. 노예가 인구의 90% 정도였다네. 이것 하나만 봐도 이 스파르타란 도시국가가 극도로 정상이 아니라는 것을 쉽게 짐작할 수 있네. 스파르타 속을 들여

다보면 역시 스파르타 사람들은 자기들 수보다 훨씬 많은 노예들이 자유를 얻기 위해서 한꺼번에 반란을 일으키지 않을까 걱정이 되었지. 그리하여 스파르타 남자는 물론 스파르타 여자까지 밖에서 발가벗고 체력단련을 하여 다른 그리스 도시국가 사람들을 깜짝 놀라게 했네. 나는 그들이 왜 그렇게 불안하게 살았는지 모르겠어. 나 같으면 그냥 내가 밥하고 빨래하며 잘 때는 두 발 쭈욱 뻗고 편하게 살 텐데.

정약용 : 저도 그렇습니다.

허균 : 스파르타 남자들은 전쟁이 없으면 노예들을 괴롭히며 군사훈련을 했고 전쟁이 나면 전쟁 치러 나갔다네. 나머지 일은 노예들이 다 해줬지. 그러니 스파르타란 국가는 전체주의 군대 국가였네. 군대는 폭력을 대표하는 곳이네. 그들은 심심하면 전쟁을 쳤네. 곧 스파르타는 폭력국가였네.

자유를 원하지 않는 사람이 어디 있겠나? 실제로 스파르타 노예들이 자유를 찾기 위해서 투쟁을 했네. 이러니 스파르타 시민들은 혹시 노예들이 자유를 위한 투쟁을 또 할까 봐, 왠지 불안해지면 튼튼한 노예들에게 좋은 걸 줄 테니 모이라고 해서 많은 노예들이 씩씩하게 모이니, 짐승 무리를 우리에 가두듯 가두어 대량학살을 했네. 이것이 바로 스파르타식이네. 지금도 어떤 교육시설에서 학생을 스파르타식으로 가르친다고 하는데 스파르타 하면 폭력의 대명사인데 교육을 폭력으로 하겠다니 어처구니없지 않은가?

정약용 : 야만스런 교육입니다.

허균 : '스파르타' 하면 우리는 강력한 무적의 스파르타 군사를 떠올리면서 "스파르타 군대는 고대 그리스 처음부터 끝까지 천하무적이었다" "스파르타는 영원히 잊히지 않을 굉장한 도시국가였다"고 생각하네. 하지만 이런 스파르타는 있지도 않았네. 다 거짓이야.

스파르타는 일단 미뤄놓고 스파르타의 최대 경쟁국가였던 아테네를 보세. 고대 그리스에서 가장 유명한 도시국가는 역시 아테네지. 아테네를 보면 소크라테스, 플라톤, 아리스토텔레스 같은 철학자를 키워냈고, 소포클레스, 아이스킬로스, 에우리피데스, 아리스토파네스 같은 희극, 비극 작가도 생기게 했네. 또 [펠로폰네소스 전쟁사]도 나오게 했고, 아름다운 파르테논 신전도 지어놓았네. 군인이자 정치인으로 유명한 페리클레스도 있지 않았는가. 아테네가 지금도 유명할 분명한 증거들이 수두룩하게 많네.

그럼 이제 고대 그리스 도시국가 중에 아테네 다음으로 유명한 스파르타를 보세. 스파르타에는 지금까지 알려진 유명한 철학자가 한 사람도 없네. 유명한 아테네의 비극 같은 문학작품이나 뛰어난 미술작품조차 없네. 하다못해 스파르타가 군사로써 그렇게 강력했다고 하니 [손자병법] 같은 병법 책을 남겨 놓았을 것 같은데 이런 것도 없네. 아니면 유명한 군인이라도 있어야 할 것 같은 데 없네. 지금도 올림픽에서 하는 마라톤을 생기게 한, 그리스 연합군이 페르시아를 물리친 그 유명한 마라톤 전투 있지 않은가? 스파르타가 강력했다고 하니 마라톤 전투에서 큰 공을 세웠을 것 같은데 실제로는 아테네가 마라톤 전투를 이끌었고 스파르타는 공은 커녕 싸우지도 않았네. 스파르타가 치른 전투 중에 가장 유명한 전투가 300명 전사가 목숨을 다해 페르시아와 싸웠던 테르모필라이 전투 아닌가? 하지만 그 유명한 테르모필라이 전투를 이끈 스파르타 장군 이름도 보통은 모르네. 테르모필라이 전투도 이상하네. 이 전투를 그린 할리우드 영화 [300]을 보면 마치 스파르타가 페르시아를 상대로 승리한 것처럼 느껴지지만, 실제는 겨우 페르시아 진격을 며칠 막았을 뿐이네. 이 전투로 페르시아가 물러났다면 모르지만, 페르시아는 계속 진격을 했네. 페르시아는 나중에 살라미스 해전에서 아테네가 중심이었던 그리스 연합군에게 박살이 났네. 그래서 페르시아 왕이 자기 나라로 돌아섰네.

페르시아 전쟁 전체를 놓고 보면 스파르타 군대보다 아테네 군대가 더 잘 싸웠네. 이러다 보니 페르시아 전쟁 뒤에 고대 그리스 패권을 잡은 곳이 아테네였지.

고대 그리스에서 페르시아 전쟁이 끝나고 30년쯤 지나서 펠로폰네소스 전쟁이 일어났네. 펠로폰네소스 전쟁은 그리스 내전으로 30년 동안 아테네와 스파르타가 중심이 되어 그리스 도시국가끼리 서로 싸운 전쟁이었네. 펠로폰네소스 전쟁에서 스파르타와 아테네가 끊임없이 싸우다가 스파르타가 끝내 이겼네. 당시 스파르타가 강하기도 했지만, 아테네가 다른 그리스 도시국가에 지나치게 폭력을 썼기 때문에 이 도시국가들이 스파르타에게 좀 나서서 아테네를 혼내 달라며 밀어준 것이 큰 힘이 되었지.

펠로폰네소스 전쟁을 치는 동안 스파르타가 아테네에게 진 적도 있었네. 스파르타가 고대 그리스 역사에서 처음부터 끝까지 백전백승 무패의 무적은 아니었네. 그렇게 스파르타가 펠로폰네소스 전쟁에서 이겨서 그리스 패권을 차지했지. 하지만 스파르타는 그들이 어릴 때부터 스파르타식으로 배운 폭력을 그대로 다른 도시국가에 써서 억압했기 때문에 30년 정도 다른 그리스 도시국가와 전쟁을 치며 삐걱댔지. 그러다가 스파르타는 결국 테베와 친 전쟁에서 져서 망해버렸네.

스파르타 육군이 강력했고 [플루타르코스 영웅전]에도 스파르타 사람이 보이지만 문화를 보거나 전쟁 역사를 보거나 이래저래 우리가 보통 생각하는 만큼 대단해야 할 이유가 없네.

그럼 왜 우리에게 '스파르타'가 고대 그리스 처음부터 끝까지 무적처럼 여겨지고 굉장한 도시 국가로 여겨지는 걸까?

정약용 : 왜 그럴까요?

허균 : '스파르타', '무적의 스파르타'라는 선전에 세뇌되었기 때문이네. 고대 그리스 이후 서양 패권을 차지한 것은 로마제국이지 않은가. 로마제국은 제우스를 주피터로 이름만 바꾸었듯이 다른 제우스교 신도 이름만 로마 입맛에 맞게 고쳐 제우스교를 그대로 로마에 드려왔네. 로마도 폭력 제국주의를 했기 때문에 고대 그리스 폭력을 잇는 서양폭력문화였네. 로마도 폭력 제국주의를 했기 때문에 아테네와 스파르타 같은 폭력 고대 그리스 문화가 잘 맞았지. 고대 그리스 도시 국가 중에 가장 폭력으로 똘똘 뭉친 곳

이 바로 스파르타 아닌가? 그래서 로마 폭력 제국주의자부터 시작하여 서양 중세 폭력주의자 그리고 19세기, 20세기 영국 폭력 제국주의자와 프랑스 폭력 제국주의자들과 지금의 서양 폭력 제국주의자들이 스파르타를 계속 배우고 써먹고 선전하여 세뇌시키다 보니, 결국 많은 사람들 머릿속에 가짜 스파르타가 들어가 앉아있게 되었네. 할리우드 영화 [300]도 이런 전통 속에서 나온 영화지. 서양 폭력주의자들은 이렇게 고대 그리스 중에 가장 폭력스러웠던 스파르타 망령을 다시 살려내어 끊임없이 훌륭하게 보이도록 부풀려 왜곡하고 있네.

정약용 : 그동안 스파르타하면 뭔가 좀 이상했는데 이것이 다 거짓이었구려?

허균 : 그렇다네.

– 아테네는 폭력 민주주의 도시국가였다 –

허균 : 스파르타를 살펴보았으니 이번에는 아테네로 가보세. 아테네 하면 서양 민주주의 뿌리로 유명하니 서양 민주주의 이야기를 한번 해보세.

서양의 폭력스런 면은 민주주의에서도 볼 수 있네. 세계는 대부분 민주주의를 한다고 하지. 독재자마저도 자기가 "민주주의를 하고 있다"고 하지 않는가? 자네도 [목민심서]에서 주장했듯이 우리에게도 옛날부터 백성이 나라의 주인이라는 생각이 있었네. 그러

208

나 지금 서양 폭력을 살펴보는 자리니 서양 민주주의를 보세.

현대 서양에서 민주주의로 손꼽히는 나라는 영국과 프랑스일세. 영국은 명예혁명을 일으켰고 프랑스는 왕의 목을 자르는 대혁명을 일으켰네. 이 두 나라는 현대 서양 민주주의와 인류 민주주의를 발전시키는데 큰 공을 세웠네. 영국은 신사의 나라로 유명하고, 프랑스는 예술의 나라로 유명하지 않은가. 이 두 나라는 모든 사람의 인권과 자유를 예의 바르게 엄청 존중했을 것 같네. 그런데 웃기지도 않게 이 두 나라는 19, 20세기를 걸쳐 아시아, 아프리카, 아메리카, 지구 곳곳에 있는 많은 나라를 지독한 식민지로 만들어 다른 나라의 인권과 자유를 마구 짓밟아버리는 폭력 제국주의 나라였네. 조선 후기 때, 프랑스 폭력 제국주의자들이 우리나라에까지 와서 강화도를 침략하여 우리 보물을 훔쳐갔지 않나. 영국은 뒷골목 양아치나 조직폭력배들이 파는 마약을 국가가 나서서 중국에 팔아 전쟁까지 일으켜 바바리맨이 대낮에 길에서 바바리를 활짝 펼치듯이 영국 신사의 본래 모습을 인류 역사 앞에 활짝 펼쳐 보여주었지. 지금 생각해도 충격이오. 이 두 나라가 폭력 제국주의만 안 했어도 인류 민주주의가 크게 좋아졌을 텐데. 비극이오. 어이가 없소.

서양이 자기네 민주주의 역사와 전통을 자랑할 때는 고대 그리스 도시국가 아테네를 내세우네. 고대 아테네는 민주주의를 했네. 그럼 고대 아테네는 영국이나 프랑스와 다르게 폭력 제국주의를 안 했느냐? 아까 앞에서 이야기했듯이 안타깝게도 고대 아테네도 영국, 프랑스처럼 다른 나라의 인권과 자유를 사정없이 밟아버렸던 폭력 제국주의 도시국가였네. 고대 그리스 내전인 펠로폰네소스 전쟁은 여러 도시국가들이 아테네의 폭력 제국주의에 대항하여 자유를 얻으려는 것 때문에 일어난 전쟁이었소.

이렇게 보면 옛날이나 지금이나 서양 민주주의는 폭력 제국주의와 민주주의가 바늘 가는 데 실 가듯 한 짝이 되어있네. 결국 유명한 서양 민주주의 국가는 악랄한 제국주의를 하지 않았으면 부강한 국가가 될 수 없었던 폭력 민주주의 국가였네. 이들의 민주주의는 자기 나라 안에서만 민주주의고 나라 밖에서는 폭력주의였네. 자기 나라뿐만 아니라 다른 나라의 인권과 자유를 인정해주는 것이 진짜 민주주의네.

영국에게 다른 식민지를 놓아두고 인도만 없었다면 어떻게 저렇게 잘 사는 나라가 되었겠는가? 프랑스도 역시 베트남을 비롯한 수많은 식민지가 없었다면 어떻게 지금의 프랑스가 될 수 있었겠는가? 아테네 또한 식민지가 없었다면 어떻게 우리가 기억하는 아테네가 될 수 있었겠는가? 서양의 민주주의 역사를 보면 민주주의와 폭력 제국주의가 짝이 되어 마치 동전 앞뒤같이 뗄 수 없는 관계이네.

실력은 무시하고 단지 부모를 잘 만났다고 대기업 경영자가 되거나 나라의 왕이 되는 왕정보다는 실력 있는 사람이 대기업 경영자가 되거나 나라의 대통령이 되는 민주주의가 더 사회와 국가를 발전을 시키지. 그래서 국민이 나라의 주인인 민주주의를 하면 그 나라는 발전을 하지. 민주주의가 잘되면 잘될수록 그 나라는 부유하고 강해지네. 이것을 알고서 민주주의를 하여 부유하고 강해져서 힘이 남아돌아 이웃 나라와 먼 나라를 침략하여 폭력 제국주의를 한 것이 지금까지 중요한 서양 민주주의 역사네.

서양 민주주의 역사가 이러니 이웃 나라가 민주주의를 해서 자기 나라보다 더 부유해지고 강해지면 불안해지네. 민주주의가 잘되면 잘될수록 지구 평화를 위협을 하네. 이런 민주주의는 지구에 해를 입힐 뿐이지. 이것이 바로 폭력 민주주의네.

이런 서양 폭력 민주주의가 폭력을 자꾸 찾고 폭력을 개발하다 보니 결국 핵폭탄과 핵발전소가 태어나게 됐네. 서양이 핵발전소와 핵폭탄을 태어나게 한 것은 결코 우연이 아니네.

고대 아테네는 서양 폭력 민주주의의 뿌리일세. 고대 아테네의 폭력 민주주의는 아무렇게나 배울만한 것이 못되네. 진짜 민주주의는 민주주의를 해서 힘이 남아돌면 다른 나라에 도움을 주어 지구를 따뜻하게 하는 것일세.

정약용 : 여러 사람들이 고대 아테네 민주주의가 여자를 무시하여 투표권을 주지 않았고 노예제도가 있어 흠이 많은 민주주의라고 합니다. 물론 이것도 문제이지만 아테네 민주주의의 가장 큰 문제는 허균 어른 말대로 폭력주의와 한 짝이 된 것입니다. 고대 그리스 시대에는 전쟁을 쳐서 이기면 적을 노예로 삼았습니다. 아테네가 폭력 제국주의 전쟁을 그렇게 많이 치지 않았다면 아테네에 노예도 줄었을 것입니다. 노예제도 자체가 폭력주의 유산입니다. 또 여자가 폭력에 약하니 여자들이 폭력 민주주의에서 큰

목소리를 못 치게 된 것이지요. 무엇보다도 폭력은 남을 쉽게 무시합니다. 남을 인정하면 할수록 폭력을 쓰기가 힘듭니다.

– 플라톤 철학은 폭력제국주의 밑바탕 철학이다 –

정약용 : 이번에는 유명한 그리스 철학자 플라톤을 보겠습니다. 화이트 헤드는 "플라톤 뒤에 나온 서양 철학은 플라톤 철학의 각주에 불과하다"고 했습니다. 서양 철학에는 감성과 변화를 중요하게 본 헤라클레이토스, 루소, 니체가 버티고 서있기 때문에 다 맞는 말은 아닙니다. 하지만 화이트 헤드가 이렇게 말할 수 있을 정도로 플라톤이 서양 철학에 막대한 영향을 주고 있습니다. 철학은 정신세계의 기초입니다. 그래서 서양 정신세계의 기초인 플라톤 철학을 제대로 보고 제대로 제자리를 찾게 만들면 우리뿐만 아니라 서양 사람도 제대로 된 정신을 가질 수 있습니다.

플라톤은 이성, 지성, 논리를 좋아했습니다. 이것들은 플라톤이 믿었던 제우스교 신처럼 영원하고 안 변하기 때문입니다. 플라톤 하면 우리는 철학자로 알고 있습니다. 하지만 플라톤은 철학자이기 앞서 제우스교 신자였습니다. 플라톤 책을 읽어보면 한 번씩 [일리아스], [오뒷세이아] 같은 제우스교 경전에 나오는 이야기에 빗대어 자기 철학 중심을 이야기하기 때문에 제우스교를 알지 못하면 플라톤 철학을 제대로 알아먹을 수가 없습니다. 이렇게 플라톤은 그저 제우스교 신자가 아니라 독실한 제우스교 신자였습니다. 더 나아가서 플라톤은 신에 맞춰 철학을 펼쳤기에 제우스교 종교철학자였습니다. 플라톤 철학 바탕이 신학이기 때문에 예수교에서도 아우구스티누스 같은 사람을 통해서 플라톤 철학을 받아들였습니다.

플라톤 철학 기본 모양은 이렇습니다. 플라톤은 독실한 제우스교 종교 철학자로서 하늘에 있는 신의 세계를 땅에 그대로 펼치려고 했습니다.

허균 : 그렇지.

정약용 : 좀 더 자세히 플라톤 철학을 살펴보겠습니다. 플라톤은 몸, 감성을 아주 무시했습니다. 왜냐면 자기가 믿는 제우스교 신은 영원하고 변하지 않아 믿을 수 있는데 몸과 감성은 영원하지 않고 쉽게 변하기에 믿을 수 없었다고 보았기 때문입니다.

플라톤은 이렇게 철저히 제우스교 교리를 자기 철학으로 받아들여 사람에게 적용했습니다. 신은 죽지 않기 때문에 총알이 날아와도 변함없이 가만히 있어도 됩니다. 하지만 사람에게 총알이 날아오는 데 변함없이 가만히 있으면 죽기 때문에 몸을 피하는 동작으로 변해야 살 수 있습니다.

플라톤은 자신의 학원에 "기하학을 알지 못하는 사람은 이 문으로 들어오지 말라"고 적어놓았습니다. 플라톤은 그가 쓴 책, [국가]에서 자신이 바라는 이상 국가, 곧 유토피아에서 "시인을 쫓아내야 한다"고 했습니다. 왜냐면 기하학 같은 수학은 신처럼 변하지 않는 논리로써 하는 것이지만 시는 쉽게 변하는 감성으로 쓰기 때문입니다. 플라톤은 변하는 것에 대해서 극도로 예민해 있었습니다. 노자, 붓다, 헤라클레이토스가 중요하게 보았던 변하는 것을 플라톤은 아주 하찮게 봤습니다. 자기도 변하는 몸과 감성을 가지고 있으면서 말입니다.

사람이 세상을 살려면 두 가지가 있어야 합니다. 바로 몸과 정신이지요. 정신만 있고 몸이 없으면 귀신이요. 몸은 있는데 정신이 없으면 좀비지요. 그래서 우리에게 몸과 정신이 반드시 필요합니다. 우리는 지구에 사는 이상, 몸을 싫어하거나 부정하면 할수록 빗나가게 됩니다. 우리는 몸을 소중히 생각하고 몸을 가지게 해준 자연에게 고마워해야 합니다. 몸을 싫어하는 것은 자기 자신을 무시하는 짓입니다. 왜냐면 몸은 자신의 일부이기 때문입니다. 자신부터 인정하지 못하는 사람이 어떻게 다른 사람을 제대로 인정할 것이며, 사회를, 세계를, 우주를 인정할 수 있겠습니까? 자신을 무시하는 사람은 남도, 사회도, 세계도, 우주도 무시합니다. 플라톤 철학은 몸을 무시하였기에 폭력으로 물꼬를 틔운 꼴입니다.

우리가 세상을 사는 데에는 두 다리가 있어야 합니다. 한쪽 다리만으로도 살 수 있지만 바르게 걸을 수 없습니다. 우리 정신도 바르게 움직이려면 두 다리처럼 두 가지가 제대로 짝을 이루어야 합니다. 이 정신의 두 다리 중에 한쪽은 이성이고 다른 쪽은 감성입니다. 그런데 플라톤은 이성 쪽만 발달시켰고 감성 쪽은 약하게 했습니다. 플라톤 철학이 이성, 지성, 논리를 발달시켰습니다. 감성을 무시하면서 이성만 계속 발달시키다 보니 이성란 다리만 굵고 길게 되어 감성이란 다리와 길이와 굵기가 달라져서 절게 되는 절름발이 철학이 되었습니다. 이래서 누군가 플라톤 철학에 빠지면 빠질수록 더 절게 됩니다. 플라톤 철학으로 절름발이 된 사람은 감성 쪽이 약하기 때문에 오히려 이성, 지성, 논리를 약하게 하거나 감성을 발달시켜야 양쪽이 균형이 맞아 절지 않게 됩니다. 우리에게 이성과 감성은 태극의 음과 양이 균형이 맞아 둥근 원이 되듯이 균형이 잘 맞아야 합니다. 안 맞으면 원이 일그러집니다.

감성으로 세상을 한번 보죠. 감성이 제대로 살아있다면 어떻게 단번에 수많은 사람을 죽일 수 있고, 단번에 세상을 멸망시킬 수 있는 핵폭탄과 핵발전소를 만들 수 있습니까? 제정신인 사람은 이런 식으로 자살을 하지 않습니다. 가슴이 돌처럼 싸늘하고 감성이 모래사장처럼 메마르지만, 머리는 이성, 지성, 논리로 완전 무장하여 삐뚤어진 사람이 만들만 합니다.

사람들은 "서양 철학자 중에서 플라톤이 가장 유명하기 때문에 플라톤 철학이 대단한 철학이 아니야?"고 묻습니다. 유명한 것과 사실, 진리는 다릅니다. 갈릴레이가 "지구가 돈다"고 해서 예수교에게 목숨마저 위험해 질 뻔한 박해를 당했습니다. 많은 사람들이 "지구가 안 돈다"고 아무리 우겨도 지구는 아무 말 없이 돕니다. 사실, 진리는 이렇습니다. 사실, 진리는 유명세나 투표 같은 다수결로 결정할 수 없습니다.

서양 사람은 "사람이 생각할 수 있는 동물이라서 다른 동물보다 더 뛰어나다"고 합니다. 하지만 또 다른 사실이 있습니다. 바로 "사람은 생각할 수 있는 동물이라서 다른 동물보다 더 세뇌를 잘 당한다"는 사실 말입니다.

우리는 어떤 정보를 인터넷, 텔레비전, 라디오, 신문을 통해서 얻습니다. 인터넷, 텔레비전, 라디오, 신문에 둘러싸여 계속 보고 들으며 얻은 정보를 밤낮, 몇 달, 몇 년 계속 머릿속에서 그냥 되풀이하여 반복 재생하다 보면 된장 속에 있는 무가 천천히 천천히 장아찌가 되듯이 우리는 이 정보에 젖어들어 세뇌가 됩니다. 하지만 고양이, 개, 소 같은 동물은 생각하는 능력이 사람보다 엄청 떨어집니다. 이런 동물들은 인터넷, 텔레비전, 라디오, 신문을 듣고 봐도 알아먹지 못해서 이런 것들에 세뇌되지 않습니다.

사람이 생각 없이 들리는 대로 듣고 보이는 대로 본 것만 자꾸 그냥 반복 재생을 하다 보면 세뇌만 당하다가 세월 다 보냅니다.

서양에서 플라톤이 아주 유명한 것은 플라톤이 감성보다는 이성, 지성, 논리를 좋아하는 서양 사람 입맛에 맞는 말을 많이 했기 때문일 뿐입니다. 이런 점은 폭력 제국주의자들에게 더하죠. 그의 철학은 절름발이 철학입니다. 그래서 위험합니다.

플라톤 철학을 짧게 정리하면 플라톤은 제우스교의 신은 항상 옳다고 보았습니다. 신이 아닌 사람에게 제우스교 신이 하는 식으로 행동과 생각을 하도록 무리하게 적용했습니다. 이러다 보니 신이 아닌 사람에게 맞을 리 없어서 절름발이 철학이 되었습니다.

허균 : 자네가 이렇게 말을 잘하니 사람들이 자네에게 배우려고 줄을 서지.

정약용 : 별말씀을.

허균 : 자네 말에 좀 더 붙이자면, 플라톤은 왜 "제우스교 신이 항상 옳다"고 여겼는지, 왜 "신은 변하지 않는다"고 여겼는지, 또 신이 어떻게 하다가 생겨났는지 생각을 해봐야 하네. 세상에는 여러 가지 신이 있는데 어떤 신은 사람이 만든 신이지 않은가?

그리고 플라톤 책 중에 [국가]에 대해서 이야기를 좀 하고 지나가야겠네. 플라톤이 남긴 책이 수십 권 있지 않나? 그런데 가장 유명하면서 플라톤 철학을 알려면 반드시 읽어야 할 책이 [국가]라는 것이 문제네. 이 [국가]는 정치에 대한 이야기를 한 책이오. 이 정치 이야기도 플라톤이 살았던 아테네가 한 민주주의에 대한 이야기가 아니라 스파르타 같은 전체주의에 대한 이야기가 많네.

플라톤은 이 책에서 국가가 국민을 이렇게 저렇게 만들어 가야 한다며 몰아가더니 끝내 정치인들 집단은 부모가 자기 자식이 누구인지 모르도록 또 자식은 부모가 누구인지 모르도록 해야 한다고 주장했네. 이렇게 하기 위해서 아이들을 어릴 때부터 부모와 떨어트려 공동으로 키워야 한다고 했지. 여기에다 이들 재산은 물론 아내마저도 공동소유로 해야 한다고 했네. 이러니 플라톤에 대해 정신 분석을 좀 깊게 해봐야 하네.

물론 플라톤은 정치인들 부정부패를 막기 위해서 이런 주장했지만 도대체 부모가 자기 자식이 누구인지 모르고 자식은 부모가 누구인지 모른대서야 말이 되는가? 더구나 부모 모르는 자식은 누가 자기 누나고 여동생인지, 누가 자기 오빠이고 남동생인지도 모를 테니, 이렇게 되면 근친상간이 일어나지 않겠는가? 파일 공유도 아니고 아내를 공유하다니?

이 정도면 왜 수십 권이 되는 플라톤 책 중에 [국가]가 가장 유명해졌는지 알 수 있지. 서양은 고대 그리스부터 지금까지 계속 폭력 제국주의자들이 세력을 잡았지 않은가. 폭력 제국주의자들 입맛에 가장 맞는 플라톤 책이 [국가]이기 때문이네. 그리고 학자, 철학자, 정치가를 비롯한 여러 분야 사람들이 폭력제국주의자들 눈치를 보고 아부를 하며 사람들에게 [국가]를 가르치다 보니 플라톤 책 중에 전체주의 이야기가 가장 많은 [국가]가 가장 유명해진 것이지.

정약용 : 그렇군요.

– 아테네가 폭력에 중독되다 –

허균 : 아테네는 전쟁으로 흥하고 전쟁으로 망했네. 아테네가 언제 전쟁 안 친 적이 있었나 싶지만, 아테네는 전쟁을 칠 때 나라가 가장 흥했소. 아테네는 페르시아 전쟁 때 마라톤 전투와 살라미스 해전에서 가장 큰 공을 세우며 그리스에서 패권을 차지하여 가장 센 도시국가가 되었네.

아테네 하면 보통 떠오르는 소크라테스, 페리클레스, 파르테논 신전, 그리스 비극, 희극은 다 펠로폰네소스 전쟁 때에 나왔던 아테네 예술 작품이거나 활동했던 아테네 사람이네.

좋지 않은 현상이야.

정약용 : 뭐가 말입니까?

허균 : 지금도 그렇지만 그때도 전쟁을 치면 돈이 엄청나게 들었네. 그런데 아테네는 더 흥하고 좋은 예술 작품도 많이 나왔소. 이것은 겉으로 보면 잘살게 되어 좋아할 일이지만 속을 보면 전쟁으로 사람이 죽어 흉한 일이 생겼는데 나라가 흥했으니, 뭔가 잘못 되도 크게 잘못됐네. 전쟁을 아무리 잘 쳐도 상대편뿐만 아니라 우리 편도 죽지. 노자도 그랬듯이 우리 편 죽음뿐만 아니라 적의 죽음도 좋은 일이 아니네. 전쟁은 되도록 일어나지 말도록 해야 하네. 좋아할 일이 없어야 할 텐데 좋아할 일이 생겼으니 아주 좋지 않은 현상이지 않은가. 여기에다 펠로폰네소스 전쟁에서 아테네는 침략군을 막은 것이 아니었네. 이 전쟁에서 아테네는 자유를 찾으려는 다른 도시국가에 자유를 주지 않으려 폭력을 가했던 전쟁이네. 이런 전쟁을 치는데도 나라가 흥했으니 아주 좋지 않은 현상이지. 죄를 지었으면 벌을 받아야 하네. 아테네가 폭력을 가한 것만도 나쁜 짓인데 나쁜 짓을 하고도 나라가 흥했으니 나쁜 짓을 두 번 저지른 것일세.

한번 생각해보게. 어떻게 전쟁을 치면 전쟁을 친다고 돈이 들어가서 돈이 모자라야 할 텐데 어찌 나라가 더 흥하게 되었겠는가? 민주주의 아테네가 전쟁 칠 때 다른 나라에게서 삥을 엄청나게 뜯었기 때문이었네. 아테네가 델로스 동맹 자금을 아테네로 가져온 것이 좋은 보기지. 아테네는 전쟁을 계속 치다 보니 나라가 흥하여 전쟁에 재미가 들렸어. 아테네는 전쟁을 치면 칠수록 나라가 더 흥할 것 같아 폭력이 넘쳐나는 전쟁에 더 매달리다가, 결국 폭력에 중독이 되어 버렸네. 이러다 보니 아테네는 폭력에 끌려다니게 되었네.

펠로폰네소스 전쟁에서 아테네가 스파르타에게 작살이 나서 완전히 기가 꺾여버리게 된 것이 시칠리아섬 대규모 원정이었지 않나?

정약용 : 그렇습니다.

허균 : 아테네에게는 이 시칠리아섬 대규모 원정이 펠로폰네소스 전쟁에서 가장 큰 규모로 가장 멀리 가서 싸웠던 원정이었네. 반대하는 사람들이 많았는데도 무리하게 진행하여 잘 싸워보지도 못하고서 스파르타에게 완전히 깨져버려 스파르타와 싸울 기가 꺾여 버렸소.

왜 아테네는 이렇게 무리하게 원정을 했을까? 어떤 사람은 잘생긴 알키비아데스가 시칠리아섬으로 원정 가자고 세 치 혀를 잘 놀려서 그렇게 되었다고 하오. 아무리 알키비아데스가 가자고 뛰어나게 설득을 했다해도 남의 말 몇 마디에 스스로 죽음의 길을 갈 사람은 없네. 만약 이런 사람이 있다면 중독증 환자이지. 마약중독자, 담배중독자, 술중독자는 자기가 죽어 가는데도 독을 끊질 못하고 죽음의 길로 스스로 걸어 들어가네. 아테네도 중독증에 걸려 있지 않았는가. 폭력중독증 말일세. 폭력 제국주의로 폭력 중독증에 걸려있던 아테네는 마약중독자가 마약을 못 끊듯이 폭력을 끊지 못했네. 문제는 아테네의 폭력 중독증이었네.

이렇게 아테네는 폭력에 중독이 되어 전쟁 구렁텅이에 빠져 시칠리아섬 원정 뒤에도 여러 전투에서 계속 스파르타에게 졌네. 그러다가 결국 그리스 여러 도시국가에게 인심을 얻은 스파르타에게 망해서 지배를 받게 되었지. 아테네는 "폭력으로 흥한 사람 폭력으로 망한다"는 공식을 그대로 보여주었네.

그런데 이야기는 여기서 끝나지 않네. 스파르타가 펠로폰네소스 전쟁에서 아테네를 이겨서 그리스 패권을 차지하여 30년 정도 큰소리를 치며 그리스에서 이리저리 전쟁을 치다가 테베에게 져서 망해버렸네 이렇게 되자 이번에는 테베가 그리스 패권을 차지하여 또 30년 정도 그리스에서 다른 도시국가와 서로 전쟁을 치다가 마침내 그리스 전체가 마케도니아에 망해버렸네.

그리스는 외적이 호시탐탐 자기들을 노리는 것도 잊은 채 펠로폰네소스 전쟁 같은 서로서로 죽고 죽이는 내전을 쳤네. 그러는 가운데 땅이 척박해져서 먹을 것이 줄어드는 것은 물론 싸울 군인 수도 반의 반 토막으로 자꾸자꾸 줄어 버렸지. 이리하여 아테네뿐만 아니라 그리스 전체가 힘이 빠져 마케도니아에게 망했네.

고대 그리스 도시국가들이 죽음을 걸고 내전을 쳐서 승리한 쪽이 승리의 환호를 하늘이 찢어지도록 외쳤던 것이 스스로 무덤을 파는 행동이었다는 것을 누가 알았겠는가? 이렇게 서양의 뿌리인 고대 그리스는 스스로 망해버렸다네.

고대 그리스 전체가 망한 것을 모두 아테네 책임으로 돌릴 수는 없네. 하지만 아테네가 고대 그리스를 망하게 하는 데 가장 앞장 섰다는 것에 아니라고 말 못할 것일세.

지금 서양도 고대 아테네처럼 폭력에 중독이 되어 끊임없이 전 쟁을 치더니 결국 핵폭탄과 핵발전소를 만들었네. 아테네가 폭력 에 중독이 되어 전쟁으로 아테네뿐만 아니라 고대 그리스 전체를 망하게 했듯이 지금 서양도 폭력에 중독되어 핵폭탄과 핵발전소 같은 것으로 서양뿐만 아니라 온 세상을 망하게 하지 말아야 할 텐데.

정약용 : 점점 더 걱정이 되는데요.

– 아테네 민주주의가 소크라테스를 죽였는가? –

정약용 : 이쯤에서 소크라테스 죽음을 살펴보죠. 사람들은 플라톤이 민주주의를 싫어했던 것은 아테네 민주주의가 자기 선 생이었던 소크라테스를 사형시켰기 때문이라고 합니다. 진짜, 아테 네 민주주의가 소크라테스를 죽였을까요?

허균 : 글쎄. 자네는 어떻게 보는가?

정약용 : 먼저 플라톤이 민주주의를 싫어했던 이유가 뭐였을 까요? 소크라테스 재판 당시는 민주주의가 아닌, 전체주의 폭력으 로 똘똘 뭉친 스파르타가 여러 그리스 도시국가의 민심을 얻어 고 대 그리스의 최고 민주주의 국가, 아테네를 꺾었기에 플라톤 눈에 전체주의 스파르타가 좀 좋아 보였지 않았을까요? 아니면 폭력 종

교, 제우스교를 독실히 믿었던 플라톤에게 제우스교 폭력에 물이 잘 들어 폭력으로 똘똘 뭉친 스파르타가 좋게 보였던 것이 아니었을까요?

소크라테스가 사형을 당한 이유도 아테네가 했던 민주주의가 폭력 민주주의였다는 것을 알면 설명이 됩니다.

허균 : 어떻게 말인가?

정약용 : 먼저 소크라테스가 재판을 받을 때쯤 상황을 보죠. 당시는 스파르타가 펠로폰네소스 전쟁에서 거만한 아테네를 이겨 아테네를 억압하던 상태였습니다. 곧 아테네가 망한 상태였습니다. 이렇게 되자, 우리나라가 겪었던 일제강점기 시절에 친일파가 있었던 것처럼 아테네에 있었던 친스파르타파들이 스파르타를 등에 업고 아테네에서 참주제를 했습니다. 참주제 아래서 아테네 사람들이 마녀사냥을 많이 당하자 "이대로는 못 살겠다, 갈아보자" 하여 힘을 모아 참주제를 무너뜨리고 다시 민주제로 되돌아와서 소크라테스 재판을 열었습니다.

전에 잘나갔던 아테네는 이제 꼴이 안으로 밖으로 말이 아니었죠. 여태껏 아테네는 폭력 제국주의로 무장한 폭력 민주주의로 다른 나라에 돈을 뜯거나 다른 도시국가를 식민지로 만들어 짓밟으며 잘 살았는데 말이죠. 그리스 비극과 파르테논 신전은 다 다른 나라에 폭력으로 쥐어짜서 얻은 돈으로 만들어진 것이 아닙니까. 이것들은 다른 사람들의 고통이지요. 이렇게 신 나게 들떠서 살던 아테네가 펠로폰네소스 전쟁에서 스파르타에 져서 이제 거꾸로 자신들이 스파르타 폭력에 짓눌려 살게 되었습니다. 폭력에 중독되어 독이 오른 아테네 사람들은 나라가 이렇게 된 것에 대해서 어디엔가 화풀이를 하고 싶었습니다.

　문제는 폭력이었습니다. 여태껏 폭력에 중독된 아테네는 자신들의 폭력을 밖으로 계속 뻗어 터뜨렸습니다. 이것이 바로 아테네의 폭력 제국주의였지요. 그런데 이제 아테네는 펠로폰네소스 전쟁에서 스파르타에 져서, 폭력을 밖으로 터뜨릴 수 없게 되었습니다. 이렇게 되자 아테네 폭력은 독이 바짝 올랐습니다. 아테네 폭력은 페르시아 전쟁 이전부터 시작해서 페르시아 전쟁, 펠로폰네소스 전쟁을 거치며 속도가 붙어있었습니다. 갑자기 멈추기 힘든 폭력이었습니다. 이런 아테네 폭력이 아테네 밖으로 더 이상 터뜨리지 못한다는 것을 알아채자 갑자기 방향을 안쪽으로 틀어 이곳저곳 터트릴 곳을 안절부절 찾았습니다. 아테네 안에서 폭력 압력이 자꾸 차올라갔죠. 아테네 폭력은 터뜨릴 곳을 불안하게 찾았습니다.

　폭력중독증에 걸린 사람이 폭력을 안 쓰면 술중독자, 담배중독자, 마약중독자처럼 손발이 떨린다든지 정서가 불안정해지는 부작용이 생깁니다. 아테네 폭력은 스파르타에 눌려 못 쓰고 있던 폭력을 쓸 표적을 찾아 핏발선 눈을 두리번거렸지요. 그러던 중에 눈에 들어온 것이 바로 길거리를 돌아다니던 소크라테스였습니다. 소크라테스가 길거리에서 사람들에게 산파술이라며 머리 아프게 자꾸 캐물어 사람들을 자꾸 신경을 자꾸 곤두세웠습니다. 오죽했으면 소크라테스를 쇠파리, 전기가오리라고 했겠습니까?

여기에다 소크라테스에게 배웠던 알키비아데스는 조국을 배신했습니다. 알키비아데스는 아테네 군대를 지휘하다가 갑자기 스파르타로 가서 스파르타가 펠로폰네소스 전쟁에서 아테네를 무찔러 이기도록 중요한 작전을 알려 주기까지 했지요. 또 아테네 사람이 싫어하던 참주였던 크리티아스도 소크라테스에게 배웠던 사람이 었습니다. 알키비아데스, 크리티아스 같은 사람이 나온 것에 대해서 괜히 소크라테스에게 책임을 묻고 싶어졌습니다. 이래저래 불안스레 폭력 쓸 표적을 찾던 아테네 폭력에게 뭔가 기분 나쁘게 걸리던 것이 소크라테스였습니다.

소크라테스를 죽인 원인이 어찌 하나이겠습니까? 하지만 가장 큰 원인은 아테네의 중독된 폭력이었습니다. 아테네가 폭력중독증에 걸리지 않았다면 소크라테스를 사형에 처하지 않았을 것입니다. 어떤 사람들은 당시에 아테네가 민주주의를 했기 때문에 아테네 민주주의가 소크라테스를 죽였다고 합니다. 하지만 만약 아테네가 민주주의를 하지 않았다면 아테네 폭력은 또 다른 이유를 달아 소크라테스를 사형에 처했을 것입니다. 폭력이 민주주의를 이용했을 뿐입니다.

아테네 폭력은 소크라테스를 죽인 다음 소크라테스를 고발한 사람마저 죽였습니다. 그런데 풀린 문제는 없고 일은 점점 더 꼬여만 갔습니다. 아테네가 죽여야 했던 것은 소크라테스도 아니었고 그를 고발한 사람도 아니었습니다. 바로 아테네의 폭력이었습니다.

허균 : 맞아. 맞아.

– 서양이 제우스교를 신화로 왜곡하다 –

허균 : 또 바로 잡을 것이 있네. 서양이 서양 문화의 뿌리인 고대 그리스에 대해 여러 가지를 왜곡했지만, 그중에 아주 많이 왜곡한 것이 제우스교네.

고대 그리스 사람들은 제우스 신 뿐만 아니라 아테네, 아폴론, 포세이돈, 디오니소스 신을 비롯한 여러 신들을 찬양하고 믿었네. 당시 제우스교에는 지금도 많은 사람들이 보는 [일리아스], [오뒷세이아], [그리스 비극] 같은 경전도 있었네. 현대에도 이 제우스교 경전은 서양 대학생 권장도서일 뿐만 아니라 동양인 우리나라 대학생에게도 권장도서지.

제우스교는 지금 봐도 불교사원인 절이나, 예수교 사원인 교회, 성당이나, 이슬람 사원인 모스크에 전혀 꿇리지 않는 파르테논 신전을 비롯한 많은 신전을 가지고 있네. 파르테논 신전은 일부가 파괴되었지만 지금도 사람을 감탄케 하지 않는가.

또 디오니소스 극장은 어떤가. 펠로폰네소스 전쟁을 한참치고 있었던 아테네가 전쟁에서 이기게 해달라고 디오니소스 극장에서 비극을 열어 신을 찬양하던 모습을 생각하면 숨이 가빠지네. 고대 그리스인은 올림픽이나 디오니소스 제전 같은 신성한 종교행사가 열리면 부정 탈까 봐 죄인 사형도 미뤘고 치던 전쟁도 미뤘네. 고대 그리스인들은 전쟁 칠 때도 신에게 물어보고 신에게 허락을 받아야만 전쟁을 쳤지 않았나? 이런 점에서 보면 고대 그리스인들은 현대 종교인보다 더 독실하게 신을 믿었네. 지금 남아있는, 지팡이를 짚고 앉아 앞을 노려보고 있는 웅장한 제우스 동상을 보면 어떤 종교의 신에게도 꿇리지 않는 모습이네.

이렇게 제우스교는 종교가 갖춰야 할 것을 다 갖추고 있었네. 그런데 서양은 제우스교를 신화나 옛날 이야기 정도로 격을 떨어뜨려 버렸지. 고대 그리스에 종교가 있었다고 하는 서양사람도 있지만, 서양은 고대 그리스 사람들이 믿었던 종교에 이름도 붙이지 않았네. 그래서 내가 아는 서양친구에게 부처Buddha를 믿으면 불교Buddhism이라고 하니 고대 그리스 사람처럼 제우스Zeus를 믿는 종교를 제우스교Zeusism로 부르라고 말해주었네.

이제 세상도 많이 변했으니 제우스교를 제대로 자기 자리에 잡도록 해야 하네. 서양은 자신들의 뿌리인 고대 그리스를 있는 그대로 보아야 자신들 모습을 제대로 볼 수가 있네. 서양 문화의 뿌리인 고대 그리스를 제대로 보는 것은 우리보다 서양사람에게 더 필요한 일이야.

예수교를 종교로 보지 않고 신화나 옛날 이야기로 보면 서양을 어떻게 제대로 이해를 할 수 있겠는가? 이와 마찬가지로 고대 그리스가 믿었던 종교, 제우스교를 신화나 옛날 이야기 정도로 여기면 제우스교와 관련되는 고대 그리스 일들이 쉽게 이해가 가지 않는 것이 많아지지만 제우스교라고 보면 이해가 가지는 것이 많아지네.

좋은 보기로 그리스 비극을 보세. [오이디푸스 왕] 같은 좋은 비극은 아테네가 최고 좋은 시절이었을 때에 나왔잖은가. 어떤 사람은 "어떻게 시절이 좋아 기분이 최고 좋을 때는 기분이 좋아지는 신 나는 극을 해야지 왜 비극을 많이 만들어 열었지?"라며 이상하게 생각하네.

비극은 디오니소스 제전의 행사로 열은 연극이었소. 디오니소스 제전도 올림픽처럼 제우스교 신을 찬양하기 위한 국가 종교행사였네. 종교행사 목적은 여러 가지네. 하지만 가장 중요한 것은 신을 찬양하는 것이지. 이런 면은 처음 시작은 동양에서 시작되었지만, 서양에서 서양화되어 우리나라에 들어온 예수교를 보면 쉽게 이해가 되네. 예수교에서 하는 크리스마스나 부활절 행사 목적이 여러 가지 있지만, 최고 중요한 것이 신을 찬양하는 것이지 않소?

디오니소스 제전이 신을 찬양하기 위한 것이었기 때문에 디오니소스 제전의 행사로 열렸던 그리스 비극도 신을 찬양하기 위한 것이었소. 그래서 그리스 비극의 주인공은 신이오. 비극 [오이디푸스 왕]에서 오이디푸스는 어느 날 자기가 자기 아버지를 죽일 것이란 신탁을 듣고 이런 일이 절대 일어나지 않게 하기 위해서 집을 나와서 멀리멀리 방랑을 하다가 길에서 누가 시비를 걸어 싸움이 붙어 죽였더니 어처구니없이 자기 아버지였듯이 사람이 아무리 의지를 일으켜 발버둥 쳐봐야 부처님 손바닥 안에 손오공처럼 결국 신의 손바닥에서 논다는 것을 보여주는 것이 그리스 비극이오.

신이 사람 운명과 목숨을 떡 주무르듯 한다는 것을 보여주는 [오이디푸스 왕]같이 좋은 그리스 비극이 나올 때는 펠로폰네소스 전쟁을 칠 때였소. 왜 이렇게 되었냐면 아테네는 신을 찬양하면 신이 축복을 주어 자기네 나라가 전쟁에 이겨서 더 흥하게 된다고 생각했기 때문이오.

카타르시스, 이렇게 신을 찬양하는 것이 그리스 비극의 첫 번째 목적이었소. 그다음은 전쟁 때이니 전쟁의 공포와 죽은 사람들에 대한 연민이 몰려올 것이요. 이것을 어루만져야 했다오. 그래서 아리스토텔레스도 비극이 공포와 연민을 생각나게 하여 카타르시스가 일어나게 했다고 했소.

지금도 그렇고 과거도 그렇소. 어느 마을, 사회, 국가, 문명이던지 그 곳을 알려면 가장 중요한 것이 종교지. 왜냐면 종교가 가장 깊고 넓게 영향을 미치기 때문이요.

옷 입는 것으로 치자면 종교는 그 사회, 국가, 문명을 아는데 첫 번째 단추와 같다오. 그런데 고대 그리스의 종교, 제우스교를 신화나 옛날 이야기 수준으로 끌어내리려면 첫 번째 단추를 잘못 끼운 격이 되오. 이런 식으로 끼우면 다음 단추인 제우스 경전이 제대로 이해가 안 되오. 그리고 또 그다음 단추인 제우스교가 사회에 적용된 일들이 이해가 잘 안 되네. 첫 단추가 잘못 끼워지니 그다음은 아무리 힘을 써도 자꾸 어긋나오.

정약용 : 세상을 제대로 알기 위해서 종교를 제대로 알아야 한다는 것을 다시 느낍니다.

오늘날 유교는 불교, 예수교, 이슬람교같이 번듯한 모습을 갖추지 못했지만, 우리 생활 속으로 깊게 들어와 있습니다. 오늘날 제우스교도 유교처럼 번듯한 모습은 갖추지 못했지만, 서양 생활에 깊게 들어가 있습니다.

이런 상황을 예술 작품이나 이론을 보기로 들자면 르네상스 시대의 보티첼리가 그린 비너스, 셰익스피어 작품에 나오는 그리스 여러 신들, 니체 철학으로 오면 디오니소스와 아폴론, 프로이드의 오이디푸스 콤플렉스, 제임스 조이스가 쓴 [율리시스], 맥클루언의 나르시스 혼수상태 따위가 있습니다.

말로 보자면 금성은 영어로 비너스인데 태양계 행성 이름을 영어로 보면 그리스 신 이름입니다. 제우스교 종교행사였든 올림픽은 서양뿐만 아니라 온 세계가 참여하는 잔치입니다.

지금까지 보기로 든 것은 아주 많은 것들 중에 겨우 몇 개 든 것뿐입니다. 서양 문화 이곳저곳을 보면 제우스교가 사라진 것이 아니라 서양 생활에 들어와서 계속 사람들에게 찬양과 숭배를 받으며 살아있다는 사실을 수없이 확인할 수 있습니다.

– 서양이 그리스 역사를 왜곡 한 이유는 –

허균 : 자, 여태껏 한 이야기를 정리해보세. 고대 그리스의 최고점에 있었던 제우스교는 폭력 종교이네. 우리가 생각했던 무적의 스파르타 신화는 미신이네. 서양이 끊임없이 자랑하는 민주주의 고향 아테네는 여러 문화유산을 남겨 놓았지만, 아테네의 민주주의 유산은 폭력중독증에 걸렸던 폭력 민주주의 유산이래서 무

턱대고 배울 만한 것이 못되네. 플라톤 철학은 이성, 논리, 지성에 치우친 절름발이 철학이네. 그리고 전체주의를 찬양하는 문제 있는 철학이네.

이렇게 보면 고대 그리스는 우리가 보통 생각하고 있듯이 그토록 고상하고 위대한 문화가 아니네. 오히려 우리가 배우지 말아야 할 폭력이 풍부한 문화이네. 우리는 그리스 문화를 배우거나 받아드릴 때 생각을 잘해야 하네.

그런데 왜 우리는 고대 그리스 하면 그토록 고상하고 위대하게 여기게 되었을까? 서양 폭력중독자들 때문이네. 고대 그리스는 서양 문화의 뿌리지. 서양은 이 고대 그리스에서 뭔가를 얻으려고 많은 노력을 했네. 또 폭력 제국주의를 하면서 아시아, 아프리카, 아메리카 역사는 낮게 왜곡했고 자기네 역사는 뭔가 고상하고 위대하게 보이도록 자신의 문화 뿌리인 고대 그리스를 엄청 부풀리는 역사 왜곡을 했네. 그리고 고대 그리스가 이집트나 동양에서 영향받은 부분을 없애는 역사 왜곡도 했네. 더구나 우리가 살펴보았듯이 고대 그리스 문화에는 폭력 제국주의자들이 좋아하는 폭력이 풍부하지 않은가? 기겁할 일이지. 이 고대 그리스 역사 왜곡을 어느 한 나라가 한 것이 아니라 유럽, 미국, 호주, 지구 곳곳에 퍼져있는 많은 백인들이 온 힘을 기울여 부풀려 왜곡을 하여 세계에 퍼트렸네.

19세기, 20세기에 여러 유럽 나라들이 온 지구를 돌아다니며 폭력 제국주의를 하지 않았나. 이 당시 유럽 폭력제국주의자들은 유럽 사람들에게 고대 그리스를 왜곡시켜 보여주어 폭력에 익숙하게 만들면서 [로빈슨 크루소] 같은 불량소설로는 자신들은 문화민족이고 다른 인종은 미개인, 야만인, 식인종처럼 보이게 왜곡하여 자신들이 다른 인종에게 폭력 제국주의를 하는 것을 자신뿐만 아니라 다른 사람에게도 당연한 것으로 받아들이게 세뇌를 시켰지.

이러다 보니 서양에 영향을 받은 동양사람인 우리나라 사람도 그리스 문화가 그토록 고상하고 대단한 것처럼 여기고 우리 문화는 낮게 보게 되었네.

그리하여 생각 없이 서양을 공부하면 서양은 처음부터 지금까지 폭력이 풍부해서 마치 폭력 없이는 우리가 못 살 것처럼 세뇌가 되네.

정약용 : 이거 참 어렵네요. 상황이 이러니 우리 후손과 인류가 뭘 어떻게 해야 이 위기에서 벗어 날 수 있겠습니까?

허균 : 쉽지 않은 이야기이지만 꼭 해야 할 이야…

…… 그르컹 ……

삶의 뿌리를 흔드는 느낌이 왔다. 순식간에 바닥이 뒤틀리고 기둥도 흔들리고 정자 지붕 기왓장이 깨질 듯 떨더니 지붕에서 흙가루가 떨어진다. 사람도 정신이 나가도록 흔들린다.

허균 : 윽.

정약용 : 지진, 지진이다.

232

두 사람은 누가 먼저랄 것 없이 퉁겨져 일어난다. 정약용은 공포
에 질려 급히 피하다가 술상에 발이 걸려 엎어진다. 이와 동시에
막걸리 사발이 술상에서 퉁겨져 뒤집히며 저쪽으로 날아간다. 막
걸리가 텅 빈 공간에 흩뿌려진다.

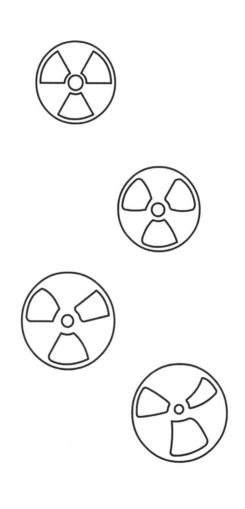

간절한 마음 절실히 모아

탈핵

2017년 06월 23일 초판 1쇄 인쇄
2017년 06월 29일 1쇄 발행

글쓴이 · 김한기

펴낸이 · 김양수
교정교열 · 장하나

펴낸곳 · 맑은샘
출판등록 · 제2012-000035

주소 · (우 10387) 경기도 고양시 일산서구 중앙로 1456(주엽동) 서현프라자 604호

전화 · 031-906-5006
팩스 · 031-906-5079

이메일 · okbook1234@naver.com
홈페이지 · www.booksam.co.kr

ISBN 979-11-5778-223-9 (03800)

* 이 책의 국립중앙도서관 출판시도서목록은 서지정보유통지원시스템
홈페이지(http://seoji.nl.go.kr)와 국가자료공동목록시스템(http://www.nl.go.kr/kolisnet)에서
이용하실 수 있습니다. (CIP제어번호 : CIP2017015050)